我想忘记一切。

远的怀念

孙犁散文新编

孙犁 著

图书在版编目（CIP）数据

远的怀念／孙犁著．——北京：人民文学出版社，2024
（孙犁散文新编）
ISBN 978-7-02-015944-4

Ⅰ.①远… Ⅱ.①孙… Ⅲ.①散文集-中国-当代 Ⅳ.①I267

中国国家版本馆CIP数据核字（2022）第043258号

责任编辑　杜　丽　陈　悦
装帧设计　刘　静
责任校对　王　璐
责任印制　苏文强

出版发行　人民文学出版社
社　　址　北京市朝内大街166号
邮政编码　100705

印　　刷　北京新华印刷有限公司
经　　销　全国新华书店等

字　　数　98千字
开　　本　787毫米×1092毫米　1/32
印　　张　7.375　插页2
印　　数　1—3000
版　　次　2024年1月北京第1版
印　　次　2024年1月第1次印刷

书　　号　978-7-02-015944-4
定　　价　62.00元

如有印装质量问题，请与本社图书销售中心调换。电话：010-65233595

孙 犁（1913–2002）

原名孙树勋，曾用笔名芸夫，河北省安平县孙遥城村人。早年毕业于保定育德中学，曾在北平短期谋生，后任安新县同口镇小学教师。抗日战争爆发后加入中国共产党领导的革命队伍，任职于华北联大、《晋察冀日报》，从事文学创作和抗日宣传工作。1944年到延安，在鲁迅艺术文学院担任教员。1945年在《解放日报》发表短篇小说《荷花淀》《芦花荡》等，受到文坛瞩目，并被誉为"荷花淀派"的创始人。新中国成立后在《天津日报》社工作直至离休。其早期作品清新、明丽，代表作有《白洋淀纪事》《铁木前传》《风云初记》；晚年作品则平淡、深沉、隽永，结集为"耕堂劫后十种"。2004年，人民文学出版社出版11卷本《孙犁全集》。

目 录

夜思（代序）____001

上 编

回忆沙可夫同志____003

清明随笔____012

　　—— 忆邵子南同志

远的怀念____022

伙伴的回忆____028

　忆侯金镜____028

　忆郭小川____033

回忆何其芳同志____040

悼画家马达____047

谈赵树理____057

悼念李季同志____067

大星陨落____075
　　——悼念茅盾同志

悼念田间____079

关于丁玲____084

悼曾秀苍____089

悼曼晴____092

记邹明____097

悼万国儒____110

记老邵____115

记陈肇____124

悼康濯____129

黄　叶____133

木棍儿____137

思念文会____142

颐和园____145

葛罩____151

一个朋友____161

东宁姨母____168

下 编

杨墨____175

杨墨续篇____181

小同窗____186

觅哲生____193

老同学____196

胡家后代____201

寄光耀____204

残瓷人____209

同乡鲁君____213

记秀容____218

编后记____222

夜　思(代序)

最近为张冠伦同志开追悼会，我只送了一个花圈，没有去。近几年来，凡是为老朋友开追悼会，我都没有参加。知道我的身体、精神情况的死者家属，都能理解原谅，事后，还都带着后生晚辈，来看望我。这种情景，常常使我热泪盈眶。

这次也同样。张冠伦同志的家属又来了，他的儿子和孙子，还有他的妻妹。

一进门，这位白发的老太太就说：

"你还记得我吗？"

"呵，要是走在街上……"我确实一时想不起来，只好嗫嚅着回答。

"常智，你还记得吧？"

"这就记起来了，这就记起来了！"我兴奋起来，热情地招扶她坐下。

她是常智同志的爱人。一九四二年，我在山地华北联大高中班教书时，常智是数学教员。一九四三年冬，我们在繁峙高山上，坚持了整整三个月的反"扫荡"。第二年初，刚刚下得山来，就奉命做去延安的准备。

我在出发前一天的晚上，忽然听说常智的媳妇来了，我也赶去看了看。那时她正在青春，又是通过敌占区过来，穿着鲜艳，容貌美丽。我们当时都惋惜，我们当时所住的，山地农民家的柴草棚子，床上连张席子也没有，怎样来留住这样花朵般的客人。女客人恐怕还没吃晚饭，我们也没有开水，只是从老乡那里买了些红枣，来招待她。

第二天，当我们站队出发时，她居然也换上我们新发的那种月白色土布服装，和女学生们站在一起，跟随我们出发了。一路上，她很能耐劳苦，走得很好。她是冀中平原的地主家庭出身吧，从小娇生惯养，这已经很不容易了。

比翼而飞，对常智来说，老婆赶来，一同赴圣地，这该是很幸福的了。但在当时，同事们并不很羡慕他。当时确实顾不上这些，以为是累赘。

这些同事，按照当时社会风习，都已结婚，但因为家庭、孩子的拖累，是不能都带家眷的，虽然大家并不是不思念家乡的。

这样，我们就一同到了延安，她同常智在那里学自然科学。现在常智同她在武汉工作，也谈了谈这些年来经历的坎坷。

至于张冠伦同志，则是我一九四五年抗日战争结束后，回到冀中认识的。当时，杨循同志是《冀中导报》的秘书长，我常常到他那里食宿，因此也认识了他手下的人马。在他领导下，报社有一个供销社，还有一个造纸厂，张冠伦同志是厂长。

纸厂设在饶阳县张岗。张冠伦同志是一位热情、厚道的人，在外表上又像农民，又像商人，又像知识分子，三者优点兼而有之，所以很能和我接近。我那时四下游击，也常到他的纸厂住宿吃饭。管理伙食的是张翔同志。

他的纸厂是一个土纸厂，专供《冀中导报》用。在一家大场院里，设有两盘高大的石碾，用骡拉。收来的烂纸旧书，堆放在场院西南方向的一间大厦子里。

我对破书烂纸最有兴趣，每次到那里，我都要蹲在厦子里，刨拣一番。我记得在那里我曾得到一本石印的《王圣教》和一本石印的《书谱》。

解放战争后期，是在河间吧，张冠伦同志当了冀中邮政局的负责人。他告诉我，土改时各县交上的书，堆放在他们的仓库里面。我高兴地去看了看，书倒不少，只是残缺不全。我只拣了几本亚东印的小说，都是半部。

这次来访的张冠伦的儿子，已经四十多岁了，他说：

"在张岗，我上小学，是孙伯伯带去的。"

这可能是在土改期间。那时，我们的工作组驻在张岗，我和小学的校长、教师都很熟。

土改期间，我因为家庭成分，又因为所谓"客里空"问题，在报纸上受过批判，在工作组并不负重要责任，有点像后来的"靠边站"。土改会议后，我冒着风雪，到了张岗。我先到理发店，把长头发剪了去。理发店胖胖的女老板很是奇怪，不明白我当时剪去这一团烦恼丝的心情。后来我又在集市上，买了一双大草鞋，向房东老大娘要了两块破毡条垫在里面，穿在脚下，每天蹒跚漫步于冰冻泥泞的张岗大街之上，和那里的农民，建立了非常难能可贵的情谊。

农村风俗淳厚，对我并不歧视。同志之间，更没有像后来的所谓划清界限之说。我在张岗的半年时间里，每逢纸厂请客、过集日吃好的，张冠伦同志，总是把我叫去解馋。

现在想来,那时的同志关系,也不过如此。我觉得这样也就可以了,留下的印象是很深的,值得追念的。进城以后,相互之间的印象,就淡漠了。"文化大革命"期间,我们的命运大致相同。他后来死去了。

看到有这么多好同志死去,不知为何,我忽然感慨起来:在那些年月,我没有贴出一张揭发检举老战友的大字报,这要感谢造反派对我的宽容。他们也明白:我足不出户,从我这里确实挖不出什么新的材料。我也不想使自己舒服一些,去向造反派投递那种卖友求荣的小报告,也不曾向我曾经认识的当时非常煊赫的权威、新贵,请求他们的援助与哀怜,我觉得那都是可耻的,没有用处的。

我忍受自己在劫的种种苦难,只是按部就班地写我自己的检查,写得也很少很慢。现在,有些文艺评论家,赞美我在文字上惜墨如金。在当时却不是这样,因为我每天只交一张字大行稀的交代材料,屡遭管理人的大声责骂,并扯着那一页稿纸,当场示众。后来干脆把我单独隔离,面前放一马蹄表,计时索字。

古人说，一死一生，乃见交情。其实，这是不够的。又说，使生者死，死者复生，大家相见，能无愧于心，能不脸红就好了。朋友之道，此似近之。我对朋友，能做到这一点吗？我相信，我的大多数朋友，对我是这样做了。

我曾告诉我的孩子们：

"你们看见了，我因为身体不好，不能去参加朋友们的追悼会，等我死后，人家不来，你们也不要难过。朋友之交，不在形式。"

新近，和《文艺报》的记者谈了一次话，很快就收到一封青年读者来信，责难我不愿回忆和不愿意写"文化大革命"的事，是一种推诿。文章是难以写得周全的，果真是如此吗？我的身体、精神的条件，这位远地的青年，是不能完全了解的。我也想到，对于事物，认识相同，因为年纪和当时处境的差异，有些感受和想法，也不会完全相似的。很多老年人，受害最深，但很少接触这一重大主题，我是能够理解的。我也理解，接触这一主题最多的青年同志们的良好用心。

但是，年老者逐渐凋谢，年少者有待成熟，这一历史事件在文学史上的完整而准确的反映，恐怕还需要一段时间吧？

1980年元月30日夜有所思，凌晨起床写讫

上编

回忆沙可夫同志

沙可夫同志逝世，已经很久了。从他逝世那天，我就想写点什么，但是，心情平静不下来，也不知道该从哪里说起。

我对沙可夫同志有两点鲜明印象：第一，他的作风非常和蔼可亲，从来没有对他领导的这些文艺干部疾言厉色；第二，他很了解每个文艺干部的长处，并能从各方面鼓励他发挥这个专长。遇到有人不了解这个同志的优点所在的时候，他就尽心尽力地替这个干部进行解释。

这好像是很简单的事，但沙可夫同志是坚持不懈，并且是非常真诚、非常热心地做去的。

当时，晋察冀边区是一个战斗非常紧张，生活非常艰苦的地区。但就在这里，聚集了不少从各路而来，各自抱负不凡的文艺青年。

在这些诗人、小说家、美术家、音乐家和戏剧家的队伍前面，走着沙可夫同志。他的生活和他的作风一样，非常朴素。他也有一匹马吧，但在我的印象里，他很少乘骑，多半是驮东西。更没有见过，当大家都艰于举步的时刻，他打马飞驰而过的场面。饭菜和大家一样。只记得有一个时期，因为他有胃病，管理员同志缝制了一个小白布口袋，装上些稻米，塞到我们的小米锅里，煮熟了倒出来送给他吃。我所以记得这点，只是因为觉得这种"小灶"太简单，它反映了我们当时的生活，实在困难。

这些琐事，是他到边区文联工作以后，我记得的。文联刚刚成立的时候，他住在华北联大，我那时从晋察冀通讯社调到文联工作，最初和他见面的机会很少。

事隔十年之后，有一次在冀中，据一位美术理论家提供材料，说沙可夫同志当时关心我，就像关心一个"贵宾"一样。我想这是不合事实的，因为我从来也没有当"贵宾"的感觉。但我相信，沙可夫同志是关心我的，因为在和他认识以后，给人的这种印象是很深刻的。

当然，沙可夫同志也很关心这位美术理论家。他在那时负责的工作相当重要。

我很明白：领导文艺队伍和从事文艺创作是两回事。从事创作不妨有点洁癖，逐字逐句进行推敲，但领导文艺工作，就得像大将用兵一样。因此，任用各种各样的人，我从来也不把它看作是沙可夫同志的缺点，这正是他的优点。在当时，人才很缺，有一技之长，就是财宝。而有些青年，在过去或是现在，确实是发挥了很大作用的。

我只是说，当时沙可夫同志领导的这个队伍，真是像俗话所说，"宁带千军万马，不带十样杂耍"，是很复杂的，很难带好的，并且是常常发生"原则的分歧"的。什么理论问题，都曾经有过一番争论。在争论的时候，大都是盛气凌人，自命高深的。我记得，有一次是关于民族形式之争。在文联工作的一些同志，倾向于"新酒新瓶"，在另外一处地方，则倾向于"旧瓶新酒"。我是倾向于"新酒新瓶"的，在《晋察冀日报》的副刊《鼓》上，写了一篇短文，其中有一句大意是："有过去的遗产，还有将来的遗产。"这竟引起了当时两位戏剧家的气愤，在开会以前，主张先不要进行讨论，以为"有很多人连文艺名词还没弄清"，坚持"应该先编印一本文艺词典"。事隔二十年，不知道这两位同志编纂出这部词书没有？我当时的意思只是说，艺术形式是逐渐发展的，遗产也是积累起来的。

周围站立着这样多的怒目金刚，沙可夫同志总是像慈悲的菩萨一样坐在那里，很少发言，甚至在面部表情上，也很难看出他究竟左袒哪一方。他叫大家尽量把意见说出来。他明白：现在这些青年，都只是在学习的路上工作，也可以说是在工作的路上学习，谁的意见也不会成为定论，谁的文章也不会成为经典的。但在他做结论的时候，却会使人感到：这次会确实开得有收获，使持各种意见的同志都心平气和下来，走到团结的道路上去，正确执行着党在当时规定的政策。

沙可夫同志在发言的时候，既无锋利惊人之辞，也无叱咤凌厉之态，他只是平平淡淡地讲着，忠实地、简直是没有什么发挥地反复说明党的政策。他在文艺问题上，有一套正确的、系统的见解，从不看风使舵。总结工作中的成绩和缺点的时候，实事求是。每次开会，我都有这样一个感觉：他传达着党的文艺方针和政策，就像他从事翻译那样忠实。

是的，沙可夫同志是把他从事翻译的初心，运用到工作里来的。他对文艺干部的领导，是主张多让他们学习。在边区，他组织多次大型的、古典话剧的演出。凡是真正有价值的文学作品，不分古今中外，不管是什么流派，他都帮助大家学习。有些同志，一时爱上了什么，他也不以为怪，他知道这是会慢慢地充实改变的。实际也是这样。例如故去的邵子南同志，当时是以固执欧化著称的，但后来他以同样固执的劲头，又爱上了中国的"三言"。此外，当时对《草叶集》

爱不释手的人，后来也许会主张"格律"；喜欢马雅可夫斯基跳动短句的人，也许后来又喜欢了字句的修长和整齐。

在当时那种一切都是从困难中产生的环境里，他珍爱同志们的哪怕是小小的成果。凡有创作，很少在他那里得不到鼓励，更谈不到什么"通不过"了。当然，那时文艺和战争、生产密切结合，好像也很少出现什么有害的作品。当时文联出版一种油印的刊物，叫作《山》，版本的大小和厚薄，就像最早期的《译文》一样，用洋粉连纸印刷。编辑部设在牛栏村东头，一间长不到一丈，宽不到四尺，堆满农具，只有个一尺见方的小窗子的房子里。编辑和校对就是我一个人。沙可夫同志领导这个刊物，真是"放手"，我把稿子送给他看，很少有不同的意见。他不但为这刊物写发刊辞，翻译了重要的理论文章，为了鼓励我们创作，他还写了新诗。

我已经忘记这刊物出了多少期，但它确实曾经刊登了一些切实的理论和作品，著名作家梁斌同志的纸贵洛阳的《红旗谱》的前身，就曾经连续在这个刊物上发表。那时冀中平原的战斗，尤其频繁艰苦，同志们得不到休息的机会和学习的机会，有时到山里来开会，沙可夫同志总是很好地招待，给他们学习的时间和写作的时间。他们有些作品，也发表在这个刊物上。

我和沙可夫同志虽然相处有一二年的时间，但接触和谈话并不很多。我只是一个普通的干部，有些会议并不一定要我去参加。加以我的习性孤独，也很少主动到他那里闲谈。最初，我只知道他在"七七事变"以前，翻译过很多文学作品，在当时起了很大的革命和文学的推动作用，至于他学过戏剧，是到山里以后，才知道一些。关于他曾经学过音乐，并从事革命工作那么长久，是他死后从讣文上我才知道。这当然是由于我的孤陋寡闻，但也证明沙可夫同志，不只在仪表上非常温文儒雅，在内心里也是非常谦虚谨慎。他好像从来也没有对人夸耀：他做过什么，或是学过什么，或是什么比你们知道得多……

是一九四二年吧，文联的机关取消，分配我到《晋察冀日报》社去工作，当时，我好像不愿去当编辑，愿意下乡。我记得在街上遇到沙可夫同志，我把这个意见提了，那一次他很严肃地只说了三个字："工作么！"我没有再说，就背上背包走了。这时我已入了党。

从此以后，好像就很少见到他。一九四四年，我们先后到了延安，有一天，他来到鲁艺负责同志的窑洞里，把我叫去，把我在敌后的工作情况，向那位负责同志谈了。送出我来，还问我：是不是把家眷接到延安来？这或者是因为他看到在那里工作的同志，差不多都有配偶，觉得我生活得有些寂寞吧。

全国胜利以后，在一次文艺大会上，休息时我到他的座位那里，谈了几句。他问我近几年写了什么东西，又劝我注意身体，这或者是因为他看出我的身体已经不大好了吧。

一九五九年夏天，我养病到北戴河，一天黄昏，我在海边散步，看见他站在一块岩石上钓鱼，我跑了过去。他一边钓着鱼，一边问了问我的病的情形。当时我看他精神很好，身体外表也很好。在他脚下有处水槽，里面浮动着两只海蟹。但他说的话很少，我就告辞走了。这或者是因为他正在集中精神钓鱼，也或者是因为他自己知道自己的病情，不愿意多说话耗费精神吧。

从此，就再没见过面。

关于沙可夫同志，在他生前，既然接近比较少，多少年来我也没有从别人那里打听过他的生平。关于他的工作，事实和成效俱在，也毋庸我在这里称道。关于他的著述，以后自然有地方要编辑出版。我对于他的记述，真是大者不知，小者不详。整理几点印象，就只能写成这样一篇短文。

1962年3月11日于北京

1978年3月改

清明随笔

—— 忆邵子南同志

邵子南同志死去有好几年了。在这几年里,我时常想起他,有时还想写点什么纪念他,这或者是因为我长期为病所困苦的缘故。

实际上,我和邵子南同志之间,既谈不上什么深久的交谊,也谈不上什么多方面的了解。去年冯牧同志来,回忆那年鲁艺文学系,从敌后新来了两位同志,他的描述是:"邵子南整天呱啦呱啦,你是整天一句话也不说……"

我和邵子南同志的性格、爱好,当然不能说是完全相反，但确实有很大的距离，说得更具体一些，就是他有些地方，实在为我所不喜欢。

我们差不多是同时到达延安的。最初，我们住在鲁艺东山紧紧相邻的两间小窑洞里。每逢夜晚，我站在窑洞门外眺望远处的景色，有时一转身，望见他那小小的窗户，被油灯照得通明。我知道他是一个人在写文章，如果有客人，他那四川口音，就会声闻户外的。

后来，系里的领导人要合并宿舍，建议我们俩合住到山下面一间窑洞里，那窑洞很大，用作几十人的会场都是可以的，但是我提出了不愿意搬的意见。

这当然是因为我不愿意和邵子南同志去同住，我害怕受不了他那整天的聒噪。领导人没有勉强我，我仍然一个人住在小窑洞里。我记不清邵子南同志搬下去了没有，但我知道，如果领导人先去征求他的意见，他一定表示愿意，至多请领导人问问我……我知道，他是没有这种择人而处的毛病的。并且，他也绝不会因为这些小事，而有丝毫的芥蒂，他也是深知道我的脾气的。

所以，他有些地方，虽然不为我所喜欢，但是我很尊敬他，就是说，他有些地方，很为我所佩服。

印象最深的是他那股子硬劲，那股子热情，那说干就干、干脆爽朗的性格。

我们最初认识是在晋察冀边区。边区虽大，但同志们真是一见如故，来往也是很频繁的。那时我在晋察冀通讯社工作，住在一个叫三将台的小村庄，他在西北战地服务团工作，住在离我们三四里地的一个村庄，村名我忘记了，只记住如果到他们那里去，是沿着河滩沙路，逆着淙淙的溪流往上走。

有一天，是一九四〇年的夏季吧，我正在高山坡上一间小屋里，帮着油印我们的刊物《文艺通讯》。他同田间同志来了，我带着两手油墨和他们握了手，田间同志照例只是笑笑，他却高声地说："久仰——真正的久仰！"

我到边区不久，也并没有什么可仰之处，但在此以前，我已经读过他写的不少诗文。所以当时的感觉，只是：他这样说，是有些居高临下的情绪的。从此我们就熟了，并且相互关心起来。那时都是这样的，特别是做一样工作的同志们，虽然不在一个机关，虽然有时为高山恶水所阻隔。

我有时也到他们那里去，他们在团里是一个文学组。四五个人住在一间房子里，屋里只有一张桌子，放着钢板蜡纸，墙上整齐地挂着各人的书包、手榴弹。炕上除去打得整整齐齐准备随时行动的被包，还放着油印机，堆着刚刚印好还待折叠装订的诗刊。每逢我去了，同志们总是很热情地说："孙犁来了，打饭去！"还要弄一些好吃的菜。他们都是这样热情，非常真挚，这不只对我，对谁也是这样。他们那个文学组，给我留下了非常好的印象。主要是，我看见他们生活和工作得非常紧张，有秩序，活泼团结。他们对团的领导人周巍峙同志很尊重，相互之间很亲切，简直使我看不出一点"诗人""小说家"的自由散漫的迹象。并且，使我感到，在他们那里，有些部队上的组织纪律性——在抗日战争期间，我很喜欢这种味道。

我那时确实很喜欢这种军事情调。我记得,一九三七年冬季,冀中区刚刚成立游击队。有一天,我在安国县,同当时在政治部工作的阎、陈两位同志走在大街上。对面过来一位领导人,小阎整整军装,说:"主任!我们给他敬个礼。"临近的时候,素日以吊儿郎当著称的小阎,果然郑重地向主任敬了礼。这一下,在我看来,真是给那个县城增加了不少抗日的气氛,事隔多年,还活泼地留在我的印象里。

因此,在以后人们说到邵子南同志脾气很怪的时候,简直引不起我什么联想,说他固执,我倒是有些信服。

那时,他们的文学组编印《诗建设》,每期都有邵子南同志的诗,那用红绿色油光纸印刷的诗传单上,也每期有他写的很多街头诗。此外,他写了大量的歌词,写了大型歌剧《不死的老人》。战斗、生产他都积极参加,有时还登台演戏,充当配角,帮助布景卸幕等等。

我可以说,邵子南同志在当时所写的诗,是富于感觉，很有才华的。虽然，他写的那个大型歌剧，我并不很喜欢，但它好像也为后来的一些歌剧留下了不小的影响，例如过高的调门和过多的哭腔。我所以不喜欢它，是觉得这种形式，这些咏叹调，恐怕难为群众所接受，也许我把群众接受的可能性估低和估窄了。

当时，邵子南同志好像是以主张"化大众"，受到了批评，详细情形我不很了解。他当时写的一些诗，确是很欧化的。据我想，他在当时主张"化大众"，恐怕是片面地从文艺还要教育群众这个性能上着想，忽视了群众的斗争和生活，他们的才能和创造，才是文艺的真正源泉这一个主要方面。不久，他下乡去了，在阜平很小的一个村庄，担任小学教师。在和群众一同战斗一同生产的几年，并经过学习党的文艺政策之后，邵子南同志改变了他的看法。我们到了延安以后，他忽然爱好起中国的旧小说，并发表了那些新"三言"似的作品。

据我看来，他有时好像又走上了一个极端，还是那样固执，以致在作品表现上有些摹拟之处。而且，虽然在形式上大众化了，但因为在情节上过分喜好离奇，在题材上多采用传说，从而减弱了作品内容的现实意义。这与以前忽视现实生活的"欧化"，势将异途而同归。如果再过一个时期，我相信他会再突破这一点，在创作上攀登上一个新的境界。

他的为人，表现得很单纯，有时甚至叫人看着有些浅薄而自以为是，这正是他的可爱、可以亲近之处。他的反映性很锐敏很强烈，有时爱好夸夸其谈，不叫他发表意见是很困难的。他对待他认为错误和恶劣的思想和行动，不避免使用难听刺耳的语言，但在我们相处的日子，他从来也没有对同志或对同志写的文章，运用过虚构情节或绕弯暗示的"文艺"手法。

在延安我们相处的那一段日子里，他很好说这样两句话："你走你的阳关道，我走我的独木桥。"有时谈着谈着，甚至有时是什么也没谈，就忽然出现这么两句。邵子南同志是很少坐下来谈话的，即使是闲谈，他也总是在屋子里来回走动着。这两句话他说得总是那么斩钉截铁，说时的神气也总是那么趾高气扬。说完以后，两片薄薄的缺乏血色的嘴唇紧紧一闭，简直是自信到极点了。

我不知道他为什么好说这样两句话，有时甚至猜不出他又想到什么或指的是什么。作为警辟的文学语言，我也很喜欢这两句话。在一个问题上，独抒己见是好的，在一种事业上，敢于尝试也是好的。但如果要处处标新立异，事事与众不同，那也会成为一种虚无吧。邵子南同志特别喜爱这两句话，大概是因为它十分符合他那一种倔强的性格。

他的身体很不好，就是在我们都很年轻的那些年月，也可以看出他的脸色憔悴，先天的营养不良和长时期神经的过度耗损，但他的精神很焕发。在那年夏天，我们初次见面的时候，他留给我的印象是：挺直的身子，黑黑的头发，明朗的面孔，紧紧闭起的嘴唇；灰军装，绿绑腿，赤脚草鞋，走起路来，矫健而敏捷。这种印象，直到今天，在我眼前，还是栩栩如生。他已经不存在了。

关于邵子南同志，我不了解他的全部历史，我总觉得，他的死是党的文艺队伍的一个损失，他的才华灯盏里的油脂并没枯竭，他死得早了一些。因为我们年岁相当，走过的路大体一致，都是少年贫困流浪，苦恼迷惑，后来喜爱文艺，并由此参加了革命的队伍，共同度过了不算短的那一段艰苦的岁月。在晋察冀的山前山后，村边道沿，不只留有他的足迹，也留有他那些热情的诗篇。村女牧童也许还在传唱着他写的歌词。在这里，我不能准确估量邵子南同志写出的相当丰富的作品对于现实的意义，但我想，就是再过些年，也不见得就人琴两无音响。而他那从事文艺工作和参加革命工作的初心，我自认也是理解一些的。他在从事创作时，那种勤勉认真的劲头，我始终更是认为可贵，值得我学习的。在这篇短文里，我回忆了他的一些特点，不过是表示希望由此能"以逝者之所长，补存者之不足"的微意而已。

今年春寒，写到这里，夜静更深，窗外的风雪，正在交织吼叫。记得那年，我们到了延安，延安丰衣足食，经常可以吃到肉，按照那里的习惯，一些头蹄杂碎，是抛弃不吃的。有一天，邵子南同志在山沟里拾回一个庞大的牛头，在我们的窑洞门口，架起大块劈柴，安上一口大锅，把牛头原封不动地煮在里面，他说要煮上三天，就可以吃了。

我不记得我和他分享过这顿异想天开的盛餐没有。在那黄昏时分，在那寒风凛冽的山头，在那熊熊的火焰旁边，他那兴高采烈的神情，他那高谈阔论，他那爽朗的笑声，我好像又看到听到了。

1962年4月1日于天津

远的怀念

一九三八年春天，我在本县参加抗日工作，认识了人民自卫军政治部的宣传科长林扬。他是"七七事变"后，刚刚从北平监狱里出来，就参加了抗日武装部队的。他很弱，面色很不好，对人很和蔼。他介绍我去找路一，说路正在组织一个编辑室，需要我这样的人。路住在侯町村，初见面，给我的印象太严肃了：他坐在一张太师椅上，冬天的军装外面，套了一件那时乡下人很少见到的风雨衣，腰系皮带，斜佩一把大盒子枪，加上他那黑而峻厉的面孔，颇使我望而生畏。

我清楚地记得，第一次和诗人远千里见面，是在他那里，由他介绍的。

远高个子，白净文雅，书生模样，这种人我是很容易接近的，当然印象很好。

第二年，我转移到山地工作。一九四〇年秋季，我又跟随路从山地回到冀中。路是很热情爽快的人，我们已经很熟很要好了。

在我县郝村，又见到了远，他那时在梁斌领导的剧社工作，是文学组长，负责几种油印小刊物的编辑工作。我到冀中后，帮助编辑《冀中一日》，当地做文艺工作的同志，很多人住在郝村，在一个食堂吃饭。

这样，和远见面的机会就很多。他每天总是笑容满面的，正在和本剧团一位高个的女同志恋爱。每次我给剧团团员讲课的时候，他也总是坐在地下，使我深受感动并且很不安。

就在这个秋天，冀中军区有一次反"扫荡"。我跟随剧团到南边几个县打游击，后又回到本县。滹沱河发了水，决定暂时疏散，我留本村。远要到赵庄，我给他介绍了一个亲戚作堡垒户,他把当时穿不着的一条绿色毛线裤留给了我。

一九四五年,日本投降后,我从延安回到冀中,在河间又见到了远。他那时拄着双拐,下肢已经麻痹了。精神还是那样好,谈笑风生。我们常到大堤上去散步,知道他这些年的生活变化,如不坚强,是会把他完全压倒的。"五一大扫荡"以后,他在地洞里坚持报纸工作,每天清晨,从地洞里出来,透透风。洞的出口在野外,他站在园田的井台上,贪馋地呼吸着寒冷新鲜的空气。看着阳光照耀的、尖顶上挂着露珠的麦苗,多么留恋大地之上啊!

我只有在地洞过一夜的亲身体验,已经觉得窒息不堪,如同活埋在坟墓里。而他是要每天钻进去工作,在萤火一般的灯光下,刻写抗日宣传品,写街头诗,一年,两年。后来,他转移到白洋淀水乡,长期在船上生活战斗,受潮湿,得了全身性的骨质增生病。最初是整个身子坏了,起不来,他很顽强,和疾病斗争,和敌人斗争,现在居然可以同我散步,虽然借助双拐,他也很高兴了。

他还告诉我：他原来的爱人，在"五一大扫荡"后，秋夜踏水转移，掉在旷野一眼水井里牺牲了。

我想起远留给我的那条毛线裤，是件女衣，可能是牺牲了的女同志穿的，我过路以前扔在家里。第二年春荒，家里人拿到集上去卖，被一群汉奸女人包围，几乎是讹诈了去。

她的牺牲，使我受了启发，后来写进长篇小说的后部，作为一个人物的归结。

进城以后，远又有了新的爱人。腿也完全好了，又工作又写诗。有一个时期，他是我的上级，我私心庆幸有他这样一个领导。一九五三年，我到安国县下乡，路经保定，他住在旧培德中学的一座小楼上，热情地组织了一个报告会，叫我去讲讲。

我爱人病重，住在省医院的时候，他曾专去看望了她，惠及我的家属，使她临终之前，记下我们之间的友谊。

听到远的死耗,我正在干校的菜窖里整理白菜。这个消息,在我已经麻木的脑子里,沉重地轰击了一声。夜晚回到住处,不能入睡。

后来,我的书籍发还了,所有现代的作品,全部散失,在当作文物保管的古典书籍里,却发见了远的诗集《三唱集》。这部诗集出版前,远曾委托我帮助编选,我当时并没有认真去做。远明知道我写的字很难看,却一定要我写书面,我却兴冲冲写了。现在面对书本,既惭愧有负他的嘱托,又感激他对旧谊的重视。我把书郑重包装好,写上了几句话。

远是很聪明的,办事也很干练,多年在政治部门工作,也该有一定经验。他很乐观,绝不是忧郁病患者。对人对事,有相当的忍耐力。他的记忆力之强,曾使我吃惊,他能够背诵"五四"时代和三十年代的诗,包括李金发那样的诗。远也很爱惜自己的羽毛,但他终于被林彪、"四人帮"迫害致死。

他在童年求学时,后来在党的教育下,便为自己树立人生的理想,处世的准则,待人的道义,艺术的风格等等。循规蹈矩，孜孜不倦，取得了自己的成就。我没有见过远当面骂人，训斥人；在政治上、工作上，也看不出他有什么非分的想法，不良的作风。我不只看见他的当前，也见过他的过去。

他在青年时是一名电工，我想如果他一直爬在高高的电线杆上，也许还在愉快勤奋地操作吧。

现在，不知他魂飞何处，或在丛莽，或在云天，或徘徊冥途，或审视谛听，不会很快就随风流散，无处召唤吧。历史和事实都会证明：这是一个美好的，真诚的，善良的灵魂。他无负于国家民族，也无负于人民大众。

1976年12月7日夜记

伙伴的回忆

忆侯金镜

一九三九年，我在阜平城南庄工作。在一个初冬的早晨，我到村南胭脂河边盥洗，看见有一支队伍涉水过来。这是一支青年的、欢乐的、男男女女的队伍。是从延安来的华北联大的队伍，侯金镜就在其中。

当时，我并不认识他。我也还不认识走在这个队伍中间的许多戏剧家，歌唱家，美术家。

一九四一年，晋察冀文联成立以后，我认识了侯金镜。他是联大文艺学院文学系的研究人员。他最初给我的印象是：老成稳重，说话洪亮而短促；脸色不很好，黄而有些浮肿；和人谈话时，直直地站在那里，胸膛里的空气总好像不够用，时时在倒吸着一口凉气。

这个人可以说是很严肃的，认识多年，我不记得他说过什么玩笑话，更不用说相互之间开玩笑了。这显然和他的年龄不相当，很快又结了婚，他就更显得老成了。

他绝不是未老先衰，他的精力很是充沛，工作也很热心。在一些会议上发言，认真而有系统。他是研究文艺理论的，但没有当时一些青年理论家常有的那种飞扬专断的作风，也不好突出显示自己。这些特点，给我留下了好的印象，觉得他是可以亲近的。但接近的机会究竟并不太多，所以终于也不能说是我在晋察冀时期的最熟识的朋友。

然而，友情之难忘，除去童年结交，就莫过于青年时代了。晋察冀幅员并不太广，我经常活动的，也就是几个县，如果没有战事，经常往返的，也就是那几个村庄，那几条山沟。各界人士，我认识得少；因为当时住得靠近，文艺界的人，却几乎没有一个陌生。阜平号称穷山恶水，在这片炮火连天的土地上，汇集和奔流着来自各方的、兄弟般的感情。

以后，因为我病了，有好些年，没有和金镜见过面。一九六〇年夏天，我去北京，他已经在《文艺报》和作家协会工作，他很热情，陪我在八大处休养所住了几天，又到颐和园的休养所住了几天。还记得他和别的同志曾经陪我到香山去玩过。这当然是大家都知道我有病，又轻易不出门，因此牺牲一点时间，同我到各处走走看看的。

这样，谈话的机会就多了些，但因为我不善谈而又好静，所以金镜虽有时热情地坐在我的房间，看到我总提不起精神来，也就无可奈何地走开了。只记得有一天黄昏，在山顶，闲谈中，知道他原是天津的中学生，也是因为爱好文艺，参加革命的。他在文学事业上的初步尝试，比我还要早。另外，他好像很受"五四"初期启蒙运动的影响，把文化看得很重。他认为现在有些事，所以做得不够理想，是因为人民还缺乏文化的缘故。当时我对他这些论点，半信半疑，并且觉得是书生之见，近于迂阔。他还对我谈了中央几个文艺刊物的主编副主编，在几年之中，有几人犯了错误。因为他是《文艺报》的副主编，担心犯错误吧，也只是随便谈谈，两个人都一笑完事。我想，金镜为人既如此慎重老练，又在部队做过政治工作，恐怕不会出什么漏子吧。

在那一段时间，他的书包里总装着一本我写的《白洋淀纪事》。他几次对我说："我要再看看。"那意思是，他要写一篇关于这本书的评论，或是把意见和我当面谈谈。他每次这样说，我也总是点头笑笑。他终于也没有写，也没有谈。这是我早就猜想到的。对于朋友的作品，是不好写也不好谈的。过誉则有违公论，责备又恐伤私情。

他确实很关心我，很细致。在颐和园时，我偶然提起北京什么东西好吃，他如果遇到，就买回来送给我。有时天晚了，我送客人，他总陪我把客人送到公园的大门以外。在夜晚，公园不只道路曲折，也很空旷，他有些不放心吧。

此后十几年，就没有和金镜见过面。

最后听说，金镜的干校在湖北。在炎热的夏天，他划着小船在湖里放鸭子，他血压很高，一天晚上，劳动归来，脑溢血死去了。他一直背着"反党"的罪名，因为他曾经指着在"文化大革命"期间报刊上经常出现的林彪形象，说了一句："像个小丑！"金镜死后不久，林彪的问题就暴露了。

我没有到过湖北，没有见过那里的湖光山色，只读过范仲淹描写洞庭湖的文章。我不知道金镜在的地方，是否和洞庭湖一水相通。我现在想到：范仲淹所描写的，合乎那里天人的实际吗？他所倡导的先忧后乐的思想，能对在湖滨放牧家禽的人，起到安慰鼓舞的作用吗？金镜曾信服地接受过他那不以物喜，不以己悲的劝诫吗？

在历史上，不断有明哲的语言出现，成为一些人立身的准则、行动的指针。但又不断有严酷的现实，恰恰与此相反，使这些语言，黯然失色，甚至使提倡者本身头破血流。然而人民仍在觉醒，历史仍在前进，炎炎的大言，仍在不断发光，指引先驱者的征途。我断定，金镜童年，就在纯洁的心灵中点燃的追求真理的火炬，即使不断遇到横加的风雨，也不会微弱，更不会熄灭的。

忆郭小川

一九四八年冬季，我在深县下乡工作。环境熟悉了，同志们也互相了解了，正在起劲，有一天，冀中区党委打来电话，要我回河间，准备进天津。我不想走，但还是骑上车子去了。

我们在胜芳集中，编在《冀中导报》的队伍里。从冀热辽的《群众日报》社也来了一批人，这两家报纸合起来，筹备进城后的报纸出刊。小川属于《群众日报》，但在胜芳，我好像没有见到他。早在延安，我就知道他的名字，因为我交游很少，也没得认识。

进城后，在伪《民国日报》的旧址，出版了《天津日报》。小川是编辑部的副主任，我是副刊科的副科长。我并不是《冀中导报》的人，在冀中时，却常常在报社住宿吃饭，现在成了它的正式人员，并且得到了一个官衔。

编辑部以下有若干科，小川分工领导副刊科，是我的直接上司。小川给我的印象是：一见如故，平易坦率，热情细心，工作负责，生活整饬。这些特点，在一般文艺工作者身上是很少见的。所以我对小川很是尊重，并在很长时间里，我认为小川不是专门写诗，或者已经改行，是能做行政工作，并且非常老练的一名干部。

在一块工作的时间很短，不久他们这个班子就原封转到湖南去了。小川在《天津日报》期间，没有在副刊上发表过一首诗，我想他不是没有诗，而是谦虚谨慎，觉得在自己领导下的刊物上发表东西，不如把版面让给别人。他给报社同志们留下的印象，是很好的，很多人都不把他当诗人看待，甚至不知道他能写诗。

后来，小川调到中国作家协会工作。在此期间，我病了几年，联系不多。当我从外地养病回来，有一次到北京去，小川和贺敬之同志把我带到前门外一家菜馆，吃了一顿饭。其中有两个菜，直到现在，我还认为，是我有生以来，吃到的最适口的美味珍品。这不只是我短于交际，少见世面，也因为小川和敬之对久病的我，无微不至的关怀照顾，才留下了如此难以忘怀的印象。

我很少去北京，如果去了，总是要和小川见面的，当然和他的职位能给予我种种方便有关。

我时常想，小川是有作为的，有能力的。一个诗人，担任这样一个协会的秘书长，上上下下，里里外外都来得，我认为是很难的。小川却做得很好，很有人望。

我平素疏忽，小川的年龄，是从他逝世后的消息上，才弄清楚的。他参加革命工作的时候，还不到二十岁。他却能跋山涉水，入死出生，艰苦卓绝，身心并用，为党为人民做了这样多的事，实事求是评定起来，是非常有益的工作。他的青春，可以说是没有虚掷，没有浪过。

他的诗，写得平易通俗，深入浅出，毫不勉强，力求自然，也是一代诗风所罕见的。

很多年没有见到小川，大家都自顾不暇。后来，我听说小川发表了文章，不久又听说受了"四人帮"的批评。我当时还怪他，为什么在这个时候，急于发表文章。

前年，有人说在辉县见到了他，情形还不错，我很高兴。我觉得经过这几年，他能够到外地去做调查，身体和精神一定是很不错的了。能够这样，真是幸事。

去年，粉碎了"四人帮"，大家正在高兴，忽然传来小川不幸的消息。说他在安阳招待所听到好消息，过于兴奋，喝了酒，又抽烟，当夜就出了事。起初，我完全不相信，以为是传闻之误，不久就接到了他的家属的电报，要我去参加为他举行的追悼会。

我没有能够去参加追悼会。自从一个清晨，听到陈毅同志逝世的广播，怎么也控制不住热泪以后，一听到广播哀乐，就悲不自胜。小川是可以原谅我这体质和神经方面的脆弱性的。但我想如果我不写一点什么纪念他，就很对不起我们的友情。我已经有十几年没有写作的想法了，现在拿起笔来，是写这样的文字。

我对小川了解不深，对他的工作劳绩，知道得很少，对他的作品，也还没有认真去研究，生怕伤害了他的形象。

一九五一年吧，小川曾同李冰、俞林同志，从北京来看我，在我住的院里，拍了几张照片。这一段胶卷，长期放在一个盒子里。前些年，那么乱，却没人过问，也没有丢失。去年，我托人洗了出来，除了我因为不健康照得不好以外，他们三个人照得都很好，尤其是小川那股英爽秀发之气，现在还跃然纸上。

啊，小川，
你的诗从不会言不由衷，
而是发自你肺腑的心声。

你的肺腑，

像高挂在树上的公社的钟，

它每次响动，

都为的是把社员从梦中唤醒，

催促他们拿起铁铲锄头，

去到田地里上工。

你的诗篇，长的或短的，

像大大小小的星斗，

展布在永恒的夜空，

人们看上去，它们都有一定的光亮，

一定的方位，

就是儿童，

也能指点呼唤它们的可爱的名称。

它们绝不是那转瞬即逝的流星

——乡下人叫作贼星，

拖着白色的尾巴，从天空划过，

人们从不知道它的来路，

也不关心它的去踪。

你从不会口出狂言，欺世盗名，

你的诗都用自己的铁锤，

在自己的铁砧上锤炼而成。

雨水从天上落下，

种子用两手深埋在土壤中。

你的诗是高粱玉米，

它比那伪造的琥珀珊瑚贵重。

你的诗是风，

不是转蓬。

泉水呜咽，小河潺潺，大江汹涌！

1977年1月3日改讫

回忆何其芳同志

在三十年代初,当我开始写作的时候,何其芳同志在文学方面,已经有了一定的成就。他经常在北方的著名文艺刊物上发表文章,在风格上,有自己独特的地方。他的散文集《画梦录》,还列入当时《大公报》表扬的作品之中。但是,我对他这一时期作品的印象,已经很淡漠,那时文艺界有所谓京派海派之分,我当时认为他的作品属于京派,即讲求文字,但没有什么革命性,我那时正在青年,向往的是那些热辣辣的作品。

一九三八年秋冬之间，我在冀中军区举办的抗战学院担任文艺教官——那是一个军事性质的学院，所以这样称呼。我参加抗日工作不久，家庭观念还很深，这个学院设在深县旧州，离我家乡不远，有时就骑上车子回家看看。那时附近很多县城还在我们手中，走路也很安全。

在进入冬季的时候，形势就紧张起来，敌人开始向冀中进攻，有些县城，已被占领。那时冀中的子弟兵，刚刚建立不久，在武器上，作战经验上，甚至队伍成分上，一时还不能适应这种紧急的局面，学院已经准备打游击。我回家取些衣物，天黑到家不久，听说军队要在我家的房子招待客人，我才知道村里驻有队伍。

第二天上午，有一群抗战学院的男女同学，到我家里来看望，我才知道，所谓军队的客人就是他们，他们是来慰问一二〇师的。

这真使我喜出望外。一二〇师，是我向往已久的英雄队伍，是老八路、老红军，而更使我惊喜不已的

是我们村里驻的就是师部,贺龙同志就住在西头。我听了后,高兴得跳起来,说:

"我能跟你们去看看吗?"

"可以。"带队的男同学说,"回头参谋长给我们报告目前形势,你一同去听听吧。"

我跟他们出来,参谋长就住在我三祖父家的南屋里。那是两间很破旧的土坯房,光线也很暗,往常过年,我们是在这里供奉家谱的。参谋长就是周士第同志,他穿一身灰色棉军装,英俊从容。地图就挂在我们过去悬挂家谱那面墙壁上,周士第同志指着地图简要地说明了敌人的企图,和我军的对策。然后,我的学生,向他介绍了我。参谋长高兴地说:

"啊,你是搞文艺的呀,好极了,我们这里有两位作家同志呢,我请他们来你们见见。"

在院子里,我见到了当时随一二〇师出征的何其芳同志和沙汀同志。

他两位都是我景仰已久的作家,沙汀同志的《法律外航线》,是我当时喜爱的作品之一。

他们也都穿着灰布军装,风尘仆仆。因为素不相识,他们过去也不知道我的名字,我记得当时谈话很少。给我的印象,两位同志都很拘谨,也显得很劳累,需要养精蓄锐,准备继续行军,参谋长请他们回去休息,我们就告辞出来了。

周士第同志是那样热情,他送我们出来。我看到,这些将军们,对文艺工作很重视,对从事这种工作的人,是非常喜欢和爱护的。在短短的时间里,给我留下深刻的印象。他请两位作家来和我们相见,不仅因为我们是同行,在参谋长的心中,对于他的部队中有这样两个文艺战士,一定感到非常满意。他把两位请出来,就像出示什么珍藏的艺术品一样,随后就又赶快收进去了。

我回到学院,学院已经开始疏散,打游击。我负责一个流动剧团,到乡下演出几次,敌人已经占了深县县城,我们就编入冀中区直属队里。我又当了一两天车子队长,因为夜间骑车不便,就又把车子坚壁起来,徒步行军。

这样，我们才真正开始了游击战争的生活。首先是学习走路的本领，锻炼这两条腿——革命的重要本钱。每天，白天进村隐蔽，黄昏集合出发。于是十里，五十里，一百里，最多可以走一百四十里。有时走在平坦的路上，有时走在结有薄冰的河滩上。我们不知道，我们前边有多少人，也不知道后边有多少人，在黑夜中，我们只是认准前边一个人绑在背包后面的白色标志，认准设在十字路口的白色路标。行军途中，不准吸烟，不准咳嗽，紧紧跟上。路过村庄，有狗的吠叫声，不到几天，这点声音也消灭了，群众自动把狗全部打死，以利我们队伍的转移前进。

我们与敌人周旋在这初冬的、四野肃杀的、广漠无边的平原之上，而带领我们前进、指挥我们战斗的，是举世闻名、传奇式的英雄贺龙同志。他曾为国家立下汗马功劳，我们对他向往已久。我刚进入革命行列，就能得到他的领导，感到这是我终生的光荣。所以，我在《风云初记》一书中，那样热诚地向他歌颂。

这次行军，对于冀中区全体军民，都是一次大练兵，教给我们在敌人后方和敌人作战的方法。特别是对冀中年轻的子弟兵，是一种难得的宝贵的言传身教。

何其芳和沙汀同志当然也在队伍中间。不过，他们一定在我们的前面，他们更靠近贺龙同志。最近，读到沙汀同志一篇文章，其中说到当时硝烟弥漫的冀中区，我们是一同经受了这次极其残酷、极其英勇、极其光荣的战斗洗礼。

一九四四年夏天，我从晋察冀边区到了延安，在鲁迅艺术学院文学系工作和学习。当时，何其芳同志也在那里，他原是文学系的主任，现在休养，由舒群同志代理主任。所以我和他谈话的机会还是不很多。他显然已记不得我们在冀中的那次会见，我也没有提过。我住在东山顶上一排小窑洞里，他住在下面一层原天主教堂修筑的长而大的砖石窑洞里，距离很近，见面的机会是很多的。

在敌后，我已经有机会读到他参加革命以后的文章，是一篇他答《中国青年》社记者的访问。文字锋利明快，完全没有了《画梦录》那种隐晦和梦幻的风格。

在过去，我总以为他是沉默寡言的，到了延安一接近，才知道他是非常健谈的，非常热情的，他是个典型的四川人。并且像一位富有粉笔生涯的教师，对问题是善于争论的，对学生是诲人不倦的，对工作是勇于任事的。所以，并未接触，而从一时的文章来判定一个人，常常是不准确的。

在全国解放以后，有些老熟人，反而很少见面了。我和何其芳同志就是这样，相忘于江湖。最近读了他的两篇遗作，深深感到：他确是一个真正的书生，也是一个真正的学者。他的工作，他的文字，我是很难赶得上，学得来的。他既有很深的基本功，一生又好学不倦，为革命做了很多很好的工作。

1977年11月

悼画家马达

听到马达终于死去了,脑子又像被击中一棒,半夜醒来,再也不能入睡了。青年时代结交的战斗伙伴,相继凋谢,实在使人感怆不已。

只是在今年初,随着党中央不断催促落实政策,流落在西郊一个生产大队的马达,被记忆了起来。报社也三番两次去找他采访,叫他写些受"四人帮"迫害的材料。报社同志回来对我说:

马达住在那个生产大队临大道的尘土飞扬、人声嘈杂、用破席支架起来的防震棚里,另有一间住房,也很残破。客人们去了，他只有一个小板凳，客人照顾他年老有病，让他坐着，客人们随手拾块破砖坐下来。

马达用两只手抱着头，半天不说话。最后，他说：

"我不能说话，我不能激动，让我写写吧。"

在临分别的时候，他问起了我：

"他还在原来的地方住吗？我就是和他谈得来，我到市里要去看他。"

我在延安住的时间很短，也就是一年半的时间。原来是调去学习的，很快日本投降了，就又随着工作队出来。在延安，我在鲁艺做一点工作，马达在美术系。虽说住在一个大院落里，我不记得到过他的窑洞，他也没有到过我的窑洞。听说他的窑洞修整得很别致，他利用土方，削成了沙发，茶几，盆架，炉灶等等。可是同在一个小食堂里吃饭，每天要见三次面，有什么话也可以说清楚的。马达沉默寡言，认识这么些年，他没有什么名言谠论、有风趣的话或生动的表情，留在我的印象里。

从延安出发,到张家口的路上,我和马达是一个队。我因为是从敌后来的,被派作了先遣,每天头前赶路。我有一双从晋察冀穿到延安去的山鞋,现在又把它穿上,另外,还拿上我从敌后山上砍伐来的一根六道木棍。

这次行军,非常轻松,除去过同蒲路,并没有什么敌情。后来,我又兼给女同志们赶毛驴,每天跟在一队小毛驴的后面,迎着西北高原的瑟瑟秋风,听着骑在毛驴背上的女歌手们的抒情,可以想见我的心情之舒畅了。

我在延安是单身,自己生产也不行,没有任何积蓄。有些在延安住久的同志,有爱人和小孩,他们还自备了一些旅行菜。我在延安遇到一次洪水暴发,把所有的衣被,都冲到了延河里去,自己如果不是攀住拴马的桩子,也险些冲进去。组织上照顾我,发给我一套单衣。第二天早晨,水撤了,在一辆大车的车脚下,发现了我的衣包,拿到延河边一冲洗,这样我就有了两套单衣。行军途中，我走一程，就卖去一件单衣，补充一些果子和食物。这种情况当然也是一时的权宜之计，不很正规的。

中午到了站头，我们总是蹲在街上吃饭。马达也是单身，但我不记得和他蹲在一起、共进午餐的情景。只有要在一个地方停留几天，要休整了，我才有机会和他见面，留有印象的，也只有一次。

在晋陕交界，是个上午，我从住宿的地方出来，要经过一个磨棚，我看到马达正站在那里，聚精会神地画速写。有两位青年妇女在推磨，我没有注意她们推磨的姿态，我只是站在马达背后，看他画画。马达用一支软铅笔在图画纸上轻轻地、敏捷地描绘着，只有几笔，就出现了一个柔婉生动，非常美丽的青年妇女形象。这是素描，就像在雨雾里见到的花朵，在晴空里望到的钩月一般。我确实惊叹画家的手艺了。

我很爱好美术，但手很笨，在学校时，美术一课，总是勉强交卷。从这一次，使我对美术家，特别是画家，产生了肃然起敬的感情。

马达最初，是在上海搞木刻的。那一时代的木刻，是革命艺术的一支突出的别动队。我爱好革命文学，也连带爱好了木刻，青年时曾买了不少这方面的作品。我一直认为在《鲁迅全集》里，鲁迅同一群青年木刻家的照相中，排在后面，胸前垂着西服领带，面型朴实厚重的，就是马达。但没有当面问过他。马达那时已是一个革命者，而那时的革命，并不是在保险柜里造反，是很危险的生涯。关于他那一段历史，我也没有和他谈起过。

行军到了张家口，我和一群画家，住在一个大院里。我因为一路赶驴太累了，有时间就躺下来休息。忽然有人在什么地方发现了一堆日本人留下的烂纸，画家们蜂拥而出，去捡可以用来画画的纸片。在延安，纸和颜料的困难，给画家带来了很大的不便。我写文章，也是用一种黄色的草纸。他们只好拿起木刻刀对着梨木板干，木刻艺术就应运而生地得到了长足的发展。他们见到了纸张，这般兴奋，正是表现了他们为了革命工作的热情。

在张家口住了几天，我就和在延安结交的文艺界的朋友们分道扬镳，回到冀中去了。

进天津之初，我常在多伦道一家小饭铺吃饭，在那里有时遇到马达。后来我的家口来了，他还到我住的地方来访一次，从那时起，我觉得马达，在交际方面，至少比我通达一些。又过了那么一段时间，领导上关心，在马场道一带找了一处房，以为我和马达性格相近，职业相当，要我们搬去住在一起。这一次，因为我犹豫不决，没有去成。不久，在昆明路，又给我们找了一处，叫我住楼上，马达住楼下。这一次，他先搬了进去。我的老伴把厨房厕所都打扫干净了，顺路去看望一个朋友，听到一些不利的话，回来又不想搬了。为了此事，马达曾找我动员两次，结果我还是没搬，他就和别人住在一起了。

我是从农村长大的，安土重迁。主要是我的惰性大，如果不是迫于形势，我会为自己画地为牢，在那里站着死去的。马达是在上海混过的，他对搬家好像很有兴趣。

从这一次，我真切地看到，马达是诚心实意愿意和我结为邻居的。古人说，百金买房，千金买邻。足见择邻睦邻的重要性。但是，马达对我恐怕还是不太了解，住在一起，他或者也会大感失望的。我在一切方面，主张调剂搭配。比如，一个好动的，最好配上一个好静的，住房如此，交朋友也是如此。如果两个人都好静，都孤独，那不是太寂寞了吗？当然这也只是我个人的看法。

他搬进新居，我没有到他那里去过。据老伴说，他那屋里尽是一些奇奇怪怪的东西，他也穿着奇怪的衣服，像老和尚一样。他那年轻的爱人，对我老伴称赞了他的画法。这可能是我老伴从农村来，少见多怪。她大概是走进了他的工作室，那种奇异的服装，我想是他的工作服吧。

在刚刚进城那些年，劝业场楼上还有很多古董铺，我常常遇见马达坐在里面。后来听说他在那里买了不少乌漆八黑的，确实说，是人弃我取，一般人不愿意要的东西，他花大价钱买了来。屋里摆满了这种什物，加上一个年老沉默的人，在其中工作，的确会给人一种不太爽朗的感觉。

在艺术风格上，进城以后，他爱上了砖刻。我外行地想，至少在工作材料上，比起木刻更原始一层。他刻出的一些人物形象，信而好古，好像并不为当代的广大群众所喜闻乐见。

他很少出来活动。从红尘十丈的长街上，退避到笼子一样的房间里，这中间，可能有他力不从心的难言之隐吧。对现实生活越来越陌生，越陌生就越不习惯。以为生活像田园诗似的，人都像维纳斯似的，笑都像蒙娜丽莎似的，一接触实际，就要碰壁。他结婚以后，青春作伴，可能改变了生活的气氛。

古往今来，一些伟大的画师，以怪僻的习性，伴随超人的成绩。但是，所谓独善其身或是洁身自好，只能说是一句空话，是与现实生活矛盾的，也是不可能的。你脱离现实，现实会去接近你。

一九六六年冬季，有一群人，闯进了他的住宅，翻箱倒柜。马达俯在他出生不久的儿子身上，安静地对进来的人说：

"你们，什么东西也可以拿去，不要吓着我的小孩！"

他在六十多岁时，才有了这个孩子。

接着就是全家被迫迁往郊区。"四人帮"善于巧立名目，借刀杀人，加给他的罪名是：资产阶级反动权威。

这十几年，当然我们没有见过面。就是最近，他也没得到我这里来过，市里的房子迟迟解决不了，他来办点事，还要赶回郊区。我因为身体不好，也没有能到医院看望他。这都算不得什么，谈不上什么遗憾的。

我一直相信，马达在郊区，即使生活多么困难和不顺利，他是可以过得去的。因为，他曾经长时期度过更艰难困苦的生活。听说他在农村教了几个徒弟，这些徒弟帮他做一些他力所不及的劳动。当然，他遭遇的是精神上的折磨和人格的被侮辱。我也断定，他可以活下来,因为他是能够置心澹定,自贵其生的。他确实活过来了,在农村画了不少画,并见到了"四人帮"及其体系的可耻破灭。

1978年4月22日

谈赵树理

山西自古以来，就是多才多艺之乡。在八年抗日战争期间，作为敌后的著名抗日根据地，在炮火烽烟中，绽放了一枝奇异的花，就是赵树理的小说创作。

赵树理的小说，以其故事的通俗性、人物性格的鲜明，特别是语言的地方色彩，引起了各个抗日根据地军民的注意。他的几种作品，不胫而走，油印、石印、铅印，很快传播。

抗日战争刚刚结束，我在冀中区读到了他的小说：《小二黑结婚》《李有才板话》和《李家庄的变迁》。

我当即感到，他的小说，突破了前此一直很难解决的，文学大众化的难关。

在他以前，所有文学作者，无不注意通俗传远的问题。"五四"白话文学的革命，是破天荒地向大众化的一次进军。几经转战，进展好像并不太大，文学作品虽然白话了，仍然局限在少数读者的范围里。理论上的不断探讨，好像并不能完全解决大众化的实践问题。

文学作品能不能通俗传远，作家的主观愿望固然是一种动力，但是其他方面的条件，也很重要。多方面的条件具备了，才能实现大众化，主要是现实生活和现实斗争的需要，政治的需要。在这两项条件之外，作家的思想锻炼，生活经历，艺术修养和写作才能，都是缺一不可的必要条件。

我曾默默地循视了一下赵树理的学习、生活和创作的道路。因为和他并不那么熟悉，有些只是以一个同时代人的猜测去进行的。

据王中青的一篇回忆记载：一九二六年赵树理"在

长治县山西省立第四师范学校念书。他平易近人,说话幽默,是一个很有风趣的人。他勤奋好学,博览群书,向当时上海左翼作家的作品学习,向民间传统艺术学习。他那时就可谓是一位博学多识,多才多艺的青年文艺作者"。

这段回忆出自赵树理的幼年同学,后来的战友,当然是非常可信的。其中提到的许多史实,都对赵树理以后的创作,有直接的关系。但是,即使赵树理当时已具备这些特点,如果没有遇到抗日战争,没有能与这一伟大历史环境相结合,那么他的前途,他的创作,还是很难预料的。

在学校,他还是一个文艺爱好者,毕业以后,按照当时一般的规律,他可以沉没乡塾,也可以老死户牖。即使他才情卓异,能在文学上有所攀登,可以断言,在创作上的收获,也不会达到我们现在所能看到的高度。

创作上的真正通俗化,真正为劳苦大众所喜见乐闻,并不取决于文学形式上。如果只是那样,这一问题,早已解决了。也不单单取决于文学的题材。如果只是写什么的问题,那也很早就解决了。它也不取决于对文学艺术的见解,所学习的资料。在当时有见识,有修养的人才多得很,但并没有出现赵树理型的小说。

这一作家的陡然兴起,是应大时代的需要产生的,是应运而生,时势造英雄。

当赵树理带着一支破笔,几张破纸,走进抗日的雄伟行列时,他并不是一名作家。他同那些刚放下锄头,参加抗日的广大农民一样,并没有觉得自己有任何特异的地方。他觉得自己能为民族解放献出的,除去应该做的工作,就还有这一支笔。

他是大江巨河中的一支细流,大江推动了细流,汹涌前去。

他的思想,他的所恨所爱,他的希望,只能存在于这一巨流之中,没有任何分散或格格不入之处。

他同身边的战士,周围的群众,休戚与共,亲密无间。

他要写的人物,就在他的眼前;他要讲的故事,就在本街本巷。他要宣传、鼓动，就必须用战士和群众的语言，用他们熟悉的形式，用他们的感情和思想。而这些东西，就在赵树理的头脑里，就在他的笔下。

如果不是这样，作家是不会如此得心应手，唱出了时代要求的歌。

正当一位文艺青年需要用武之地的时候，他遇到了最广大的场所，最丰富的营养，最有利的条件。

是的，每个时代都有它自己的歌手。但是，歌手的时代，有时要成为过去。这一条规律，在中国文学史上，特别显著。

随着抗日战争的胜利，土地改革的胜利，解放战争的胜利，随着全国解放的胜利锣鼓，赵树理离开乡村，进了城市。

全国胜利，是天大的喜事。但对于一个作家来说，问题就不这样简单了。

从山西来到北京，对赵树理来说，就是离开了原来培养他的土壤，被移置到了另一处地方，另一种气候、环境和土壤里。对于花木，柳宗元说："其土欲故。"

他的读者群也变了，不再完全是他的战斗伙伴。

这里对他表示了极大的推崇和尊敬，他被展览在这新解放的，急剧变化的，人物复杂的大城市里。

不管赵树理如何恬淡超脱，在这个经常遇到毁誉交于前，荣辱战于心的新的环境里，他有些不适应。就如同从山地和旷野移到城市来的一些花树，它们当年开放的花朵，颜色就有些暗淡了下来。

政治斗争的形势，也有变化。上层建筑领域，进入了多事之秋，不少人跌落下来。作家是脆弱的，也是敏感的。他兢兢业业，惟恐有什么过失，引来大的灾难。

渐渐也有人对赵树理的作品提出异议。这些批评者，不用现实生活去要求、检验作品，只是用几条杆棒去要求、检验作品。他们主观唯心地反对作家写生活中所有，写他们所知，而责令他们写生活中所无或他们所不知。于是故事越来越假，人物越来越空。他们批评赵树理写的多是落后人物或中间人物。吹捧者欲之升天，批评者欲之入地。对赵树理个人来说，升天入地都不可能。他所实践的现实主义传统，只要求作家创造典型的形象，并不要求写出"高大"的形象。他想起了在抗日根据地工作时，那种无忧无虑，轻松愉快的战斗心情。他经常回到山西，去探望那里的人们。

他的创作迟缓了，拘束了，严密了，慎重了。因此，就多少失去了当年的青春泼辣的力量。

很长时期，他专心致志地去弄说唱文学。赵树理从农村长大，他对于民间艺术是非常爱好，也非常精通的。他根据田间的长诗《赶车传》改编的《石不烂赶车》鼓词，令人看出，他不只对赶车生活知识丰富，对鼓词这一形式，也运用自如。这是赵树理一篇得意的作品。

这一时期，赵树理对于民间文艺形式，热爱到了近于偏执的程度。对于"五四"以后发展起来的各种新的文学形式，他好像有比一比看的想法。这是不必要的。民间形式，只是文学众多形式的一个方面。它是因为长期封建落后，致使我国广大农民，文化不能提高，对城市知识界相对而言的。任何形式都不具有先天的优越性，也不是一成不变，而是要逐步发展，要和其他形式互相吸收、互相推动的。

流传民间的通俗文艺，也型类不一，神形各异。文艺固然应该通俗，但通俗者不一定皆得成为文艺。赵树理中后期的小说，读者一眼看出，渊源于宋人话本及后来的拟话本。作者对形式好像越来越执着，其表现特点为：故事行进缓慢，波澜激动幅度不广，且因过多罗列生活细节，有时近于卖弄生活知识，遂使整个故事铺摊琐碎，有刻而不深的感觉。中国古典小说的白描手法，原非完全如此。

进城不久，是一九五〇年的冬季吧，有一天清晨，赵树理来到了我在天津的狭小的住所。我们是初次见面，谈话的内容，现在完全忘记了，但他留给我的印象是很清楚的。他恂恂如农村老夫子，我认为他是一个典型的农民作家。

因为是同时代，同行业，加上我素来对他很是景仰，他的死亡，使我十分伤感。他是我们这一代的优秀人物。他的作品充满了一个作家对人民的诚实的心。

林彪、"四人帮"当然不会放过他。在林彪、"四人帮"兴妖作怪的那些年月，赵树理在没有理解他们的罪恶阴谋之前，最初一定非常惶惑。在既经理解之后，一定是非常痛恨的。他们不只侮辱了他，也侮辱了他多年来为之歌颂的，我们的党、国家和人民。

天生妖孽，残害生民。在林彪、"四人帮"鼓动起来的腥风血雨之中，人民长期培养和浇灌的这一株花树，凋谢死亡。这是文学艺术的悲剧。

经济、政治、文艺，自古以来，就形成了一种非常固定，非常自然的关系。任何改动其位置，或变乱其关系的企图，对文艺的自然生成，都是一种灾难。

文艺的自然土壤，只能是人民的现实生活和斗争，植根于这种土壤，文艺才能有饱满的生机。使它离开这个土壤，插进多么华贵的瓶子里，对它也只能是伤害。

林彪、"四人帮"这些政治野心家，用实用主义对待文艺。他们一时把文艺捧得太高,过分强调文艺的作用,几乎要和政治,甚至和经济等同起来。历史已经残酷地记载:在他们这样做的时候,常常是为他们在另一个时候,过分贬低文艺,惩罚文艺,甚至屠宰文艺,包藏下祸心。

1978年11月11日

悼念李季同志

已经是春天了,忽然又飘起雪来。十日下午,我一个人正在后面房间,对存放的柴米油盐,做季节性的调度。外面送来了电报。我老眼昏花,脑子迟钝,看到电报纸上李季同志的名字,一刹那间,还以为是他要到天津来,像往常一样,预先通知我一下。

绝没想到,他竟然逝去了。前不久,冯牧同志到舍下,我特别问起他的身体,冯还说:有时不好,工作一忙,反倒好起来了。我当时听了很高兴。

李季同志死于心脏病。诗人患有心脏病,这就是致命所在。患心脏病的人,不一定都是热情人;而热情人最怕得这种病。特别是诗人。诗人的心,本来就比平常的人跳动得快速、急骤、多变、失调。如果自己再不注意控制,原是很危险的。

一九七八年秋季,李季同志亲自到天津来,邀我到北京去参加一个会。我有感于他的热情,不只答应,而且坚持一个星期,把会开了下来。当我刚到旅馆,还没有进入房间,已经是晚上八点多钟了,就听到李季同志在狭窄嘈杂的旅馆走道里,边走边大声说:

"我把孙犁请了来,不能叫他守空房啊,我来和他做伴!"

他穿着一件又脏又旧的军大衣,右腿好像有了些毛病,但走路很快,谈笑风生。

在会议期间,我听了他一次发言。内容我现在忘了,他讲话的神情,却深深印在我的记忆里。他很激动,好像和人争论什么,忽然,他脸色苍白,要倒下去。他吞服了两片药,还是把话讲完了。

第二天,他就病了。

在会上，他还安排了我的发言。我讲得很短，开头就对他进行规劝。我说，大激动、大悲哀、大兴奋、大欢乐，都是对身体不利的。但不如此，又何以作诗？

在我离京的前一天晚上，他还带病到食堂和我告别，我又以注意身体为赠言。

这竟成最后一别。李季同志是死于工作繁重，易动感情的。

李季同志的诗作《王贵与李香香》，开一代诗风，改编为唱词剧本，家喻户晓，可以说是不朽之作。他开辟的这一条路，不能说后继无人，但没有人能超越他。他后来写的很多诗，虽也影响很大，但究竟不能与这一处女作相比拟。这不足为怪，是有很多原因，也可以说是有很多条件使然的。

《王贵与李香香》，绝不是单纯的陕北民歌的编排，而是李季的创作，在文学史上，这是完全新的东西，是长篇乐府。这也绝不是单凭采风所能形成的，它包括集中了的时代精神和深刻的社会面貌。李季幼年参加革命，在根据地，是真正与当地群众，血肉相连、呼吸相通的，是认真地研究了民间文学的内容和形式的。他不是天生之才，而是地造之才，是大地和人民之子。

很多年来，他主要是担任文艺行政工作，而且逐渐提级，越来越繁重。这对工作来说，自然是需要，是不得已；对文艺来说，总是一个损失。当然，各行各业，都要有领导，并且需要精通业务的人去领导。不过，实践也证明，长期以来，把作家放在行政岗位，常常是得不偿失的。当然，这也只是一种估计。李季同志，是能做行政工作，成绩显著，颇孚众望的。在文艺界，号称郭、李。郭就是郭小川同志。

据我看来，无论是小川，还是李季同志，他们的领导行政，究竟还是一种诗人的领导，或者说是天才的领导。他们出任领导，并不一定是想，把自己的"道"或"志"，布行于天下。只是当别人都推托不愿干时，担负起这个任务来。而诗人气质不好改，有时还是容易感情用事。适时应变的才干，究竟有限。

因为文艺行政工作，是很难做好，使得人人满意的。作家、诗人，自己虽无领导才干，也无领导兴趣，却常常苛求于人，评头论足。热心人一旦参加领导行列，又多遇理论是非之争，欲罢不能，愈卷愈脱不出身来，更无法进行创作。当然也有人，拿红铅笔，打电话惯了，尝到了行政的甜头，也就不愿再去从事那种消耗神经，煎熬心血，常常是费力不讨好的创作了。如果一帆风顺，这些人也就正式改行，从文途走上仕途。有时不顺利，也许就又弃官重操旧业。这都是正常现象。

李季做得还算够好的，难能可贵的。他的特点是，心怀比较开朗，少畛域观念，十分热情，能够团结人，在诗这一文艺领域里，有他自己广泛的影响。

自得噩耗，感情抑郁，心区也时时感到压迫和疼痛。为了驱赶这种悲伤，我想回忆一下同李季在青年时期的交往。

可惜，我同他是在五十年代初期，一次集体出国时，才真正熟起来。那时，我已经是中年了。对于出国之行，我既没有兴趣，并感到非常劳累。那种紧张，我曾比之于抗日战争时期的反"扫荡"。特别是一早起，团部传出：服装，礼节等等应注意事项。起床、盥洗、用饭，都很紧迫。我生性疏懒，动作迟缓，越紧张越慌乱。而李季同志，能从容不迫，好整以暇。他能利用蹲马桶时间：刷牙，刮脸，穿袜子，系鞋带。有一天，忽然通知：一律西服。我却不会系领带，早早起来，面对镜子，正在为难之际，李季同志忽然推门进来，衣冠楚楚，笑着说：

"怎么样，我就知道你弄不好这个。"

然后熟练地代我系好了，就像在战争时代，替一个新兵打好被包一样。

人之相知，贵相知心。对于李季同志，我不敢说是相知，更不敢说是知己。但他对于我，有一点最值得感念，就是他深深知道我的缺点和弱点。我一向不怕别人不知道我的长处，因为这是无足轻重的。我最担心的是别人不知道我的短处，因为这就谈不上真正的了解。在国外，有时不外出参观，他会把旅馆的房门一关，向同伴们提议：请孙犁唱一段京戏。在这个代表团里，好像我是惟一能唱京戏的人。

每逢有人要我唱京戏，我就兴奋起来，也随之而激动起来。李季又说：

"不要激动，你把脸对着窗外。"

他如此郑重其事，真是欣赏我的唱腔吗？人要有自知之明，直到现在我也不敢这样相信。他不过是看着我，终日一言不发，落落寡合，找机会叫我高兴一下，大家也跟着欢笑一场而已。

他是完全出于真诚的，正像他前年要我去开会时说的：

"非我来，你是不肯出山的！"

难道他这是访求山野草泽，志在举逸民吗？他不过是要我出去活动活动，与多年不见面的朋友们会会而已。

在会上，他又说：

"你不常参加这种场合，人家不知道你是什么观点,讲一讲吧。"

也是这个道理。

他是了解我的,了解我当时的思想、感情的,他是真正关心我的。

他有一颗坚强的心,他对工作是兢兢业业的,对创作是孜孜不倦的。他有一颗热烈的心,对同志,是视如手足,亲如兄弟的。他所有的,是一颗诗人的赤子之心,天真无邪之心。这是他幼年参加革命时的初心,是他从根据地的烽烟炮火里带来的。因此,我可以说,他的这颗心从来没有变过,也是永远不会停止跳动的。

1980年3月14日

大星陨落

—— 悼念茅盾同志

看到茅盾同志逝世的消息，心情十分沉重，惆怅不已，感触也很多。

我和茅盾同志并不熟识，只听过他的一次报告，但一直读他的书。记得我在上初中的时候，就读到他为商务印书馆"学生国学丛书"选注的一本《庄子》，署名沈德鸿。随后，读到他主持编辑的《小说月报》。这个文学刊物，在当时最有权威，对中国新文学发展所起的作用，也少有刊物能和它相比。直到今天，人们对它的印象，还是很深的。它所登的，都是当时第一流的作品，选择严格，都是现实主义的作品。每期还有评论文章，以及国内外文坛消息。它的内容和版式，在很长时间，成为中国文学刊物的典型。那两本《俄国文学专号》，过了很多年，人们见到，还非常珍视。

不久，我读到他写的反映北伐战争的三部曲，即《幻灭》《动摇》《追求》，使我见到了中国第一次大革命时期，知识分子的群像。

他的长篇《子夜》出版时，我已经在读高中。这部作品，奠定了中国新的长篇小说的基础。作家视野的宽广，人物性格的鲜明，描写手法的高超，直到今天，也很难说有谁已经超越了它。我曾按照当时流行的阶级分析的方法，写了一篇读后记。

他的短篇《春蚕》《林家铺子》《残冬》，在《文学》上发表时，我就读过了，非常爱好。

他的译作，在《译文》上我经常读到，后来结集为《桃园》，我又买了一本。

他的理论文章，我也很爱读。他有丰富的创作经验，古今中外的知识又渊博，社会实践阅历很深。他对作品的评价分析，都从艺术分析入手，用字不多，能说到关键的地方，能说到要害，能使人心折意服。他对我的作品，也说过几句话。那几句话，不是批评，但有规诫的成份；不是捧场，但有鼓励的成份，使作者乐于接受，读者乐于引用。文艺批评，说大道理是容易的，能说到"点"上，是最难的。

最近一二年，我又读了他发表的回忆录，知道了他参加革命的全部历程。不久以前，我还想：茅盾同志如果少参加一些实际工作，他留给我们的创作成果，会比现在更多吧。这种想法是片面的。正是他长期参加了革命的实际工作，他才能在创作上有这样大的建树。他的创作，都与这些革命实践有关。实际的革命工作，是他从事革命文艺工作的坚实基础。至于过多的行政工作，对他的创作是否有利，当然可以另作别论。

茅盾同志在文学创作、中国古典文学的研究、介绍外国文学作品、编辑刊物、文艺理论这几个方面，都很有成就,很有修养,对我们这一代作家,有极大的影响。他对中国新文学事业,功绩卓著。在先辈开辟的道路上,我们只有加倍努力,奋勇前进。

系以韵语,借抒悲怀:

大星陨落,黄钟敛声。哲人虽逝,犹存典型,遗产丰美,玉振金声。荆榛易布,大木难成,小流作响,大流无声。文坛争竞,志趣不同,风标高下,或败或成。艺途多艰,风雨不停,群星灿灿,或暗或明。文艺之道,忘我无私,人心所系,孜孜求之。丝尽蚕亡,歌尽蝉僵,不死不止,不张不扬。作者恢宏,其艺自高,作者狭隘,其作嚣嚣。少年矫捷,逐浪搏风,一旦失据,委身泥中。文贵渊默,最忌轻浮,饰容取悦,如蝇之逐。大树根深,其质乃坚,高山流水,其声乃清,我辈所重,五四遗风。

1981年4月1日晚

悼念田间

昨天是星期日,心情烦乱,吃罢晚饭,院子里安静些了,开门到台阶上站立。紧邻李夫,从屋里出来,告诉我:

"田间逝世了。"

"你从哪里得来的消息?"我大吃一惊。

李夫回屋,取来一张当天的《今晚报》,他是这家报纸的总编辑。

消息是不会错的,田间确是不在了。我回到屋里,开灯看了这段消息。我一夜辗转不安,我还能为他做些什么呢？前一个月，张学新来，说他害病，我写了一张明信片给葛文，没得到回复，我还以为她忙。

一九四〇年，我在晋察冀通讯社，认识田间，他虽然比我小几岁，已经是很有名的诗人，我很尊重他。他对我们这些文学爱好者，如邓康、康濯、曼晴，也有一种特殊的感情，主动把我们写的东西，介绍到大后方去。我的稿子并没有得到发表，但记得他那认真的、诚挚的情谊。不久，他调到晋察冀文协，把我和邓康带去，作为他的助手。我们一同工作了不算短的时间。一九四二年整风以后，他到盂县下乡，我也调动了工作。

一九四四年春天，我随大队去延安，经过盂县，他在道路旁边等候我作别。是个有霜雪的早晨，天气很冷，我身上披着，原是他坚壁起来的一件日本军用皮大衣，他当记者时的胜利品，羊皮上有一大片血迹。取这件衣服，我并没告诉他，他看见后，也没说什么。这件衣服，我带到延安，被一次山洪冲走了。

在文协工作时，他见我弄不到御寒的衣物，还给过我一件衣服。是他在大后方带来的驼色呢子大衣，我曾穿回冀中，因为颜色和形式，在当时实在不伦不类，妻子给我加了黑粗布面子，做成了一件短夹袄。

那时，吃不上好东西，他用大后方寄来的稿费，请我们在滹沱河畔的一家小饭馆，吃过鱼。又有一次他卖掉一条毛毯，请我们吃了一顿包子。

这些事，我在什么文章里记过了。

田间的足迹，留在晋察冀的艰难的山路上。他行军时的一往无前的姿态，一直留在我的心中。他总是走在我们的前面。他的诗，也留在晋察冀的各个村落和山头上。抗战八年，田间在诗人中，是一个勇敢的，真诚的，日以继夜，战斗不息的战士。近年来，可能有人对他陌生，甚至忘怀。但是，他那遍布山野村庄，像子弹一样呼啸的诗，不会沉寂。

田间是一个诗人，他成名很早，好像还没有领会人情世故，就出名了，他一直像个孩子。在山里，他要去结婚了，棉裤后面那块一尺见方的大补丁，翻了下来，一走一忽闪，像个小门帘。房东大娘把他叫了回来,给他缝上。他也不说什么,只是天真地笑了笑,就走了。

后来,他当了盂县县委宣传部长,后来又当了雁北地委秘书长,我都很奇怪,他能做行政工作吗?但听说都干得不错。

他天真,他对人真诚。解放后,我每次到北京,他总到我住的地方看我。我到他那里去,他总是拉我到街上,吃点什么。那几年,他兴致很好,穿着、住处,都很讲究。

一九五六年以后,因为我闹病,很少见到他。一九七五年,我和别人去逛八达岭,到他家看了看,他披着一件油垢不堪的大棉袄,住在原来是厨房的小屋里。因为人多,说了几句话,我向他要了两盒烟,就出来了。一九七八年,我到北京开了一个星期的会,他虽然有家,却和我在旅馆里同住。除去在山里,这算是我们相处时间最长的一次了。但也没有多少话好说了。

坦诚地说,我并不喜欢他这些年写的那些诗。我觉得他只在重复那些表面光彩的词句或形象。比如花呀，果呀，山呀，海呀，鹰呀，剑呀。我觉得他的诗，已经没有了《给战斗者》那种力量。但我没有和他谈过这些，我觉得那是没有用处的，也没有必要。时代产生自己的诗人，但时代也允许诗人，按照自己的意愿，走完自己的道路。

我不自量，我觉得我是田间的一个战友。抗日战争，敌后文艺工作，不只别人，连我自己，也渐渐淡漠了。但现在，我和田间，是生离死别，不能不想到一些往事。我早晨四点钟起来，写这篇零乱颠倒的文章，眼里饱含泪水。

1985年9月2日

关于丁玲

一

三十年代初,我在保定读高中,那里有个秘密印刷厂,专翻印革命书籍,丁玲的早期小说也在内,我读了一些,她是革命作家,又是女作家,这是容易得到年轻人的崇拜的。过了二年,我在北平流浪,有一次在地摊上买了几期《北斗》杂志,这也是丁玲主编的,她的著名小说《水》,就登在上面。这几期杂志很完整,也很干净。我想是哪个穷学生,读过以后忍痛卖了。我甚至想,也许是革命组织,故意以这种方式,使这家刊物,广为流传。我保存了很多年,直到抗日战争或土地改革时,才失掉了。

二

不久,丁玲被捕,《现代》杂志上登了她几张照片,我都剪存了,直到我认识了丁玲,还天真地写信问过她,要不要寄她保存。丁玲没有复信,可能是以为我既然爱好它,就自己保存吧。上海良友图书公司,出版了她的小说《母亲》,我很想买一本,因为经济困难作罢,但借来读过了。同时我读了沈从文写的《记胡也频》和《记丁玲》,后者被删了好多处。

三

一九四四年,我在延安。有一次严文井同志带我和邵子南去听周恩来同志的讲话。屋子不大,人也不多，我第一次见到了丁玲。她坐在一条板凳上，好像感冒了，戴着口罩，陈明同志给她倒了一杯开水。我坐在地上，她那时还不认识我。

一九四八年秋天，她到了冀中，给我写了一封信。那时我正在参加土改，有两篇文章，受了批评。她在信中安慰了我几句，很有感情。

四

一九五〇年，我到北京开会，散会后同魏巍到丁玲家去。她请晋察冀边区的几个青年作家吃饭，饭菜很丰盛，饭后，我第一次吃到了哈密瓜。

也是这年冬季，我住在北京文学研究所，等候出差。丁玲是那里的负责人。星期六下午，同院的人都回家去了。丁玲来了，找谁谁不在。我正在房子里看书，听到传达室的人说：

"孙犁……"

丁玲很快回答说：

"孙犁回天津去了。"

传达室的人不说话了,我也就没有出去。我不好见人,丁玲也可能从接触中,了解到我这一弱点。

五

又过了几年,北京召开批判丁、陈的大会,天津也去了几个人,我在内。大家都很紧张。在小组会上确定谁在大会发言时,有人推我。我想:你对他们更熟悉,更了解,为什么不上?我以有病辞。当时中宣部一位负责人说:

"他身体不好,就算了吧。"

直到现在,我还记得这句为我排忧解难的好话。

我真病了。一九五七年住进北京的红十字会医院,严重神经衰弱。丁玲托人给我带来一封信,还给我介绍了一位湖南医学院的李大夫,进院看病。当年夏季,我转到小汤山疗养,在那里,从广播上听到了丁玲的不幸遭际。

从此,中断信息很多年。前几年,她到天津来了一次,到家来看了我,我也到旅舍去看望了她和陈明同志。不久我见到了中央给她做的很好的结论,我很高兴。

六

丁玲,她在三十年代的出现,她的名望,她的影响,她的吸引力,对当时的文学青年来说,是能使万人空巷的,举国若狂的。这不只因为她写小说,更因为她献身革命。风云际会,作家离不开时代。后来的丁玲,屡遭颠踬,社会风尚不断变化,虽然创作不少衰,名声不少减,比起三十年代,文坛上下,对她的热情与瞩望,究竟是有些程度上的差异了。

一颗明亮的,曾经子夜高悬,几度隐现云端,多灾多难,与祖国的命运相伴随,而终于不失其光辉的星,陨落了。

谨记私人交往过从,以寄哀思。

1986年3月7日下午二时写讫

悼曾秀苍

前些日子，听法清说老曾病重，我请邹明和田晓明去看望他一次。回来说，还很清醒。今天法清又来，说是昨晚，老曾过去了。

时值冬初，最近已经有三四个老朋友相继过去了。

听到老曾的逝世，我很悲痛，想写几句话。但在房间里转了好久，总觉得没有什么话好说了。他没有给人留下过感人至深或轰轰烈烈的印象。

因为他这个人，不好交际，更不会出风头。你和他说话，他从来不会和你辩论。你和他走路，他总是落在后面。他虽然写了几部很有功力的小说,但在文坛上,并无赫赫之名,也没有报刊登他的照片和吹捧他的文章。他的住所,非常冷落,更形不成什么诱人的沙龙。一些青年男女,甚至可以不知他是何许人也。

但他是我们的一个很好的朋友,我很尊重他的才学、修养和知识。他的字,写得娟秀无比;他的诗,写得委婉,富有风情。他对朋友,有求必应,应必有信,做事认真,一丝不苟。

他自幼家境不好,上了几年中学,就当小学教师,投稿,考入报社当练习生。他是旧社会培养出来的文人,他只相信,收获是耕耘而来。他知道职业的艰难,应尽的职责。他知道吃饭不易,要努力工作。

他的习惯就是工作,为了工作,求取知识。这就是生活。他习惯清苦,并不知道什么叫时髦,什么叫人间的享受。有一次,他把一个用了多年的笔洗送给我,说:

"我还有一个好的,已经换上用了,我也该享受享受了。"

换用一个新笔洗，对他就是享受。

有一次，我送给他两锭旧墨，他马上复信，非常感激，好像受宠若惊。我想：如果他突然得到诺贝尔奖金，他就会活不下去了。这种人是不能大富大贵的。

正因为如此，他是安分守己的，按部就班的，不作非分之想的。过去，没有从大锅里捞取稠饭自肥；现在，更不会向国家仓库伸手自富。他做梦也不会以权谋私。

别人看来，他是一个不入时的，微弱渺小的，封闭型的人物。但是，不久就会证明，在编辑出版部门，他能做的，他已经做过的工作，其精确程度，其出色部分，后继不一定有人，或者有人，不一定能够达到。

1987年11月5日下午

悼 曼 晴

最近，使我难过的事，是听到曼晴逝世的消息。

曼晴，在我心中，够得上是一个好人。一个忠厚的人，一个诚实的人，一个负责的人。称之为朋友，称之为战友，称之为同志，都是当之无愧的。

曼晴像一个农民。我同他的交游，已写在《吃粥有感》一文，和为他的诗集写的序言之中。文中记述，一九四〇年冬季反"扫荡"时，我同他结伴，在荒凉、沉寂和恐怖的山沟里活动的情景：一清早上山，拔几个胡萝卜充饥；夜晚，背靠背宿在羊群已经转移的空羊圈里。就在这段时间，我们联名发表了两篇战斗通讯。

这也可以说是战斗。实际上，既没有战斗部队掩护，也没有地方干部带路。我们没有携带任何武器，游而不击，"流窜"在这一带的山头、山谷。但也没有遇到过敌人，或是狼群，只遭到一次疯狂的轰炸。

一想起曼晴，就会想起这段经历。后来，我们还写了充满浪漫蒂克情调的诗和小说。

以上这些情景，随着时间的推移，伴着一代人的消亡，已经逐渐变成遥远的梦境，褪色的传奇，古老的童话，和引不起兴趣的说教。

我很难说清，自己当前的心情。曼晴就不会想这么多，虽然他是诗人。曼晴是一个很实际的人，从不胡思乱想。

抗日战争时期，曼晴编辑《诗建设》(油印)，发表过我的诗作。解放战争时期，他编辑《石家庄日报》(小报)，发表过我写的小说。"文革"以后，他在石家庄地区文联，编辑土里土气的刊物《滹沱河畔》。我的诗，当时没有地方发表，就给他寄去，他都给刊出了。

后来，我请他为我的诗集，写一篇序言。文中他直率地说，他并不喜欢我那些没有韵脚的诗。

我不断把作品寄到他手中，是因为他可以信赖；他不喜欢我的诗，而热情刊登，是重视我们之间的友谊。

曼晴活了八十岁。这可以说是好人长寿，福有应得。他退休时，是地区文联主席，党组书记。官职不能算高，可也是他达到的最高职位了。比起显赫的战友，是显得寒酸了一些。但人们都知道，曼晴是从来不计较这些的。他为之奋斗的是诗，不是官位。

他在诗上，好像也没有走红运。晚年才出版了一本诗集，约了几个老朋友座谈了一下，他已经很是兴奋。不顾大病初愈，又爬山登高，以致旧病复发，影响了健康，直到逝世。

这又可以说，他为诗奋斗了一生，诗也给他带来了不幸。

1989年3月7日

论曰：友朋之道，实难言矣。我国自古重视朋友，列为五伦之一。然违反友道之事实，不只充斥于史记载籍，且泛滥于戏曲小说。圣人通达，不悖人情之常，只言友三益。直、谅、多闻之中，直最为重要。直即不曲，实事求是之义。历史上固有赵氏孤儿、刎颈之交等故事，然皆为传奇，非常人所能。士大夫只求知音而已。至于《打渔杀家》，倪荣赠了些银两，萧恩慨叹说：这才是我的好朋友啊！也只是江湖义气，不足为重。古人所说：一死一生，乃知交情；一贫一富，乃知交态；一贵一贱，交情乃见。以及：使生者死，死者复生，见面无愧于心等等，都是因世态而设想，发明警语，叹人情之冷暖多变也。旧日北京，官场有俗语：太太死了客满堂，老爷死了好凄凉。也是这个意思，虽然有轻视妇女的味道。然而，法尚且不责众，况人情乎？以"文革"为例：涉及朋友，保持沉默，已属难得；如责以何不为朋友辩解，则属不通。谈一些朋友的缺点，也在理应之例，施者受者，事后均无须介意。但如无中生有，胡言乱语，就有点不够朋友了。至于见利忘义，栽赃陷害，卖友求荣，则虽旁观路人，妇人孺子，亦深鄙之，以为不可交矣。人重患难之交，自亦有理。然古来又多可共患难，不可共安乐之人。此等人，多出自政治要求，权力之事，可不多赘。

余之交友，向如萍水相逢，自然相结，从不强求。对显贵者，有意稍逊避之；对失意者，亦不轻易加惠于人。遵淡如水之义，以求两无伤损。余与曼晴，性格相同，地位近似，一样水平，一路脚色，故能长期保持友谊，终其生无大遗憾也。

8日晨又记

记 邹 明

我和邹明,是一九四九年进城以后认识的。《天津日报》,由冀中和冀东两家报纸组成。邹明是冀东来的,他原来给首长当过一段秘书,到报社,分配到副刊科。我从冀中来,是副刊科的副科长。这是我参加革命十多年后,履历表上的第一个官衔。

在旧社会,很重视履历。我记得青年时,在北平市政府工务局,弄到一个书记的职位,消息传到岳父家,曾在外面混过事的岳叔说:"唉!虽然也是个职位,可写在履历上,以后就很难长进了。"

我的妻子，把这句话原原本本地向我转述了。当时她既不知道什么叫作履历，我也不通世故宦情，根本没往心里去想。

及至晚年，才知道履历的重要。曾有传说，有人对我的级别，发生了疑问，差一点没有定为处级。此时，我的儿子，也已经该是处级了。

我虽然当了副刊科的副科长，心里也根本没有把它当成一个什么官儿。在旧社会，我见过科长，那是很威风的。科长穿的是西装，他下面有两位股长，穿的是绸子长衫。科长到各室视察，谁要是不规矩，比如我对面一位姓方的小职员，正在打瞌睡，科长就可以用皮鞋踢他的桌子。但那是旧衙门，是旧北平市政府的工务局，同时，那里也没有副科长。科长，我也只见过那一次。

既是官职，必有等级。我的上面有：科长、编辑部正副主任、正副总编、正副社长。这还只是在报社，如连上市里，则又有宣传部的处长、部长、文教书记等等。这就像过去北京厂甸卖的大串山里红，即使你也算是这串上的一个吧,也是最下面,最小最干瘪的那一个了。但我当时并未在意。

我这副科长,分管《文艺周刊》,手下还有一个兵,这就是邹明。他是我的第一个下级,我对他的特殊感情,就可想而知了。

但是除去工作,我很少和他闲谈。他很拘谨,我那时也很忙。我印象里,他是福建人,他父亲晚年得子,从小也很娇惯。后来爱好文学,写一些评论文字,参加了革命。这道路,和我大致是相同的。

他的文章,写得也很拘谨,不开展,出手很慢,后来也就很少写了。他写的东西,我都仔细给他修改。

进城时,他已经有爱人孩子。我记得,我的家眷初来,还是住的他住过的房子。

那是一间楼下临街的,大而无当的房子,好像是一家商店的门脸。我们搬进去时,厕所内粪便堆积,我用了很大力气掏洗,才弄干净。我的老伴见我勇于干这种脏活儿,曾大为惊异。我当时确是为一大家子人能有个栖身之处,奋力操劳。"文化大革命"时,一些势利小人，编造无耻谰言，以为我一进报社，就享受什么特殊的待遇，是别有用心的。当时我的职位和待遇，比任何一个同类干部都低。对于这一点，我从来不会特别去感激谁，当然也不会去抱怨谁。

关于在一起工作时的一些细节，我都忘记了。可能相互之间，也有过一些不愉快。但邹明一直对我很尊重。在我病了以后，帮过我一些忙。我们家里，也不把他当作外人。当我在外养病三年，回家以后，老伴曾向我说过：她有一次到报社去找邹明，看见他拿着刨子，从木工室出来，她差一点没有哭了。又说：我女儿的朝鲜同学，送了很多鱿鱼，她不会做，都送给邹明了。

等到"文化大革命"开始，她在公共汽车上，碰到邹明，流着泪向他诉说家里的遭遇，邹明却大笑起来，她回来向我表示不解。

我向她解释说：你这是古时所谓妇人之恩，浅薄之见。你在汽车上，和他谈论这些事，他不笑，还能跟着你哭吗？我也有这个经验。一九五三年，我去安国下乡,看望了胡家干娘。她向我诉说了土改以后的生活,我当时也是大笑。后来觉得在老人面前,这样笑不好,可当时也没有别的方式来表示。我想,胡家干娘也会不高兴的。

从我病了以后,邹明的工作,他受反右的牵连,他的调离报社,我都不大清楚。"文化大革命"后期,有一次我从干校回来,在报社附近等汽车,邹明看见我,跑过来说了几句话。后来,我搬回多伦道,他还在山西路住,又遇见过几次,我约他到家来,他也总没来过。

"四人帮"倒台以后,报社筹备出文艺双月刊,人手不够。我对当时的总编辑石坚同志说,邹明在师范学院,因为口音,长期不能开课,把他调回来吧!很快他就调来了,实际是刊物的主编。

我有时办事莽撞,有一次回答丁玲的信,写了一句:我们小小的编辑部。于是外人以为我是文艺双月刊的主编。这可能使邹明很为难,每期还送稿子,征求我的意见,我又认为不必要,是负担。等到我明白过来,才在一篇文章中声明:我不是任何刊物的主编,也不是编委。这已经是几年以后了。

在我当选市作协主席后,我还推荐他去当副秘书长。后来,我不愿干了,不久,他也就被免掉了。

"文革"以后,有那么几年,每逢春季,我想到郊区农村转转,邹明他们总是要一辆车,陪我去。有人说我是去观赏桃花,那太风雅了。去了以后,我发现总是惊动区、村干部,又乱照相,也玩不好,大失本意,后来就不愿去了。最后一次,是到邹明下放过的农村去。到那里,村干部大摆宴席,喝起酒来,我不喝酒,也陪坐在炕上,很不自在。临行时,村干部装了三包大米,连司机,送我们每人一包。我严肃地对邹明说,这样不行。结果退了回去,当然弄得大家都不高兴,回来的路上,谁也没有说话。以后就再没有一同出过门。

邹明好看秘籍禁书,进城不久,他就借来了《金瓶梅》。他买的《宋人评话八种》,包括金主亮荒淫那一篇。他还有这方面的运气,我从街头买了一部《今古奇观》,因是旧书,没有细看就送给他了。他后来对我说，这部书你可错出手了，其中好些篇，是按古本"三言二拍"排印的，没有删节，非一般版本可比。说时非常得意。前些日子，山东一位青年，寄我一本五角丛书本的《中外禁书目录》，我也托人带给他了。在我大量买书那些年，有了重本，我总是送他的。

曾有一次，邹明当面怏怏地说我不帮助人。当时，我不明白他指的什么方面，就没有说话。他说的是事实，在一些大问题上，我没有能帮助他。但我也并不因此自责。我的一生，不只不能在大事件上帮助朋友，同样也不能帮助我的儿女，甚至不能自助。因为我一直没有这种能力，并不是因为我没有这种感情。

这些年，我写了东西，自己拿不准，总是请他给看一看。

"老邹，你看行吗？有什么问题吗？"我对他的看文字的能力，是完全信赖的。

他总是说好，没有提过反对的意见。其实，我知道，他对文、对事、对人，意见并不和我完全相同。他所以不提反对意见，是在他的印象里，我可能是个听不进批评的人。这怨自己道德修养不够,不能怪他。有一次,有一篇比较麻烦的作品,我请他看过,又像上面那样问他,他只是沉了沉脸说:"好,这是总结性的!"

我终究不明白,他是赞成,还是反对,最后还是把那篇文章发表了。

另有一次,我几次托他打电话,给北京的一个朋友,要回一篇稿子。我说得很坚决,但就是要不回来,终于使我和那位朋友之间,发生了不愉快。我后来想,他在打电话时,可能变通了我的语气。因为他和那位同志,也是要好的朋友。

邹明喜欢洋玩艺,他劝我买过一支派克水笔,在"文革"时,我专门为此挨了一次批斗。我老伴病了,他又给买了一部袖珍收音机,使病人卧床收听。他有机会就兴致勃勃地给我介绍新兴的商品,后来,弄得我总是笑而不答。

邹明除去上班,还要回家做饭,每逢临近做饭时间,他就告辞,我也总是说一句:"又该回去做饭了?"

他就不再言语,红着脸走了,很不好意思似的。

以后，我就不再说这句话了。

有一家出版社委托他编一本我谈编辑工作的书。在书后，他愿附上他早年写的经过我修改的一篇文章。我劝他留着，以后编到他自己的书里。我总是劝他多写一些文章，他就是不愿动笔，偶尔写一点，文风改进也不大。

他的资历、影响，他对作家的感情和尊重，他在编辑工作上的认真正直，在文艺界得到了承认。大批中青年作家，都是他的朋友。丁玲、舒群、康濯、魏巍对他都很尊重，评上了高级职称，还得到了全国老编辑荣誉奖，奖品是一个花岗岩大花瓶，足有五公斤重。评委诸公不知如何设计的，既可作为装饰，又可运动手臂，还能显示老年人的沉稳持重。难为市作协的李中，从北京运回三个来，我和万力，亦各得其一。

邹明病了以后，正值他主编的刊物创刊十周年。他要我写一点意见，我写了。他愿意寄到《人民日报》先登一下，我也同意了。我愿意他病中高兴一下。

自从他病了以后，我长时间心情抑郁，若有所失。

回顾四十年交往，虽说不上深交，也算是互相了解的了。他是我最接近的朋友，最亲近的同事。我们之间，初交以淡，后来也没有大起大落的波折变异。他不顺利时，我不在家。"文革"期间，他已不在报社。没有机会面对面地相互进行批判，也没有发现他在别的地方，用别的方式对我进行侮辱攻击。这就是很不容易，值得纪念的了。

我老了，记忆力差，对人对事，也不愿再多用感情。以上所记，杂乱无章，与其说是记朋友，不如说是记我本人。是哀邹明，也是哀我自己。我们的一生，这样短暂，却充满了风雨、冰雹、雷电，经历了哀伤、凄楚、挣扎，看到了那么多的卑鄙、无耻和丑恶，这是一场无可奈何的人生大梦，它的觉醒，常常在瞑目临终之时。

我和邹明，都不是强者，而是弱者；不是成功者，而是失败者。我们从哪一方面，都谈不上功成名遂，心满意足。但也不必自叹弗如，怨天尤人。有很多事情，是本身条件和错误所造成。我常对邹明说：我们还是相信命运吧！这样可以减少很多苦恼。邹明不一定同意我的人生观，但他也不反驳我。

我发现，邹明有时确是想匡正我的一些过失；我有时也确是把他当作一位老朋友、知心人，想听听他对我的总的印象和评价。但总是错过这种机会，得不到实现。原因主要在我不能使他免除顾虑。如果邹明从此不能再说话，就成了我终生的一大遗憾。此时此刻，朋友之间，像他这样了解我的人，实在不太多了。

邹明一生，官运也不亨通。我在小汤山养病时，有报社一位老服务员跟随我，他曾对我老伴说：报社很多人，都不喜欢邹明，就是孙犁喜欢他。他的官运不通，可能和他的性格有关，他脾气不好。在报社，第一阶段，混到了文艺部副主任，和我那副科长，差不多。第二阶段，编一本默默无闻，只能销几千份的刊物，直到今年十月一期上，才正式标明他是主编，随后他就病倒了。人不信命，可乎！

邹明好喝酒，饮浓茶，抽劣质烟。到我那里，我给他较好的烟，他总是说：那个没劲儿。显然，烟酒对他的病也都不利。

二三十年代，有那么多的青年，因为爱好文艺，从而走上了革命征途。这是当时社会大潮中的一种壮观景象。为此，不少人曾付出各式各样的代价，有些人也因此在不同程度上误了自身。幸运者少，悲剧者多。我现在想，如果邹明一直给首长当秘书，从那时就弃文从政、从军，虽不一定就位至显要，在精神和物质生活方面，总会比现在更功德圆满一些吧。我之想起这些，是因为也曾有一位首长，要我去给他当秘书，别人先替我回绝了，失去了做官的一次机会，为此常常耿耿于怀的缘故。

现在有的人，就聪明多了。即使已经进入文艺圈的人，也多已弃文从商，或文商结合。或以文沽名，而后从政；或政余弄文，以邀名声。因而文场芜杂，士林斑驳。干预生活，是干预政治的先声；摆脱政治，是醉心政治的烟幕。文艺便日渐商贾化、政客化、青皮化。

邹明比我可能好一些，但也不是一个聪明人。在一些问题上，在生活行动上，有些旧观念。他不会投政治之机，渔时代之利，因此也不会得风气之先。他一直不能成为一个时代的宠儿，耀眼的明星。他常常有点畸零之感，有些消极的想法。然又不甘把时间浪费，总想做些力所能及的事情。考核他几十年所作所为，我以为还都是于国家于人民有益的。但像这种工作方式，特别在目前局势来说，是吃不开的，不受重视的。除去业务，他没有其他野心；自幼家境富裕，也不把金钱看得那么重。他既不能攀援权要以自显，也不屑借重明星以自高。因此，他将永远是默默无闻的，再过些年，也许会被人忘记的。

很多外人，把邹明说成是我的"嫡系"，这当然有些过分。但长期以来，我确把他看作是自己的一个帮手。进入晚年，我还常想，他能够帮助我的孩子们，处理我的后事。现在他的情况如此，我的心情，是不用诉说的。

写于1989年12月11日

悼万国儒

前几天,张知行去世,得到消息,人已经火化,连个花圈也来不及送,心里很别扭。这件事还没有放下,昨天来了一位客人,又告诉我,万国儒也在前两天去世了。

这两位同志,都是天津的工人作家。近年,和我来往较多,在我的心目中,都是老实人。

我记得,原来和万国儒,并不太熟。"文化大革命"以后,他叫我给他的小说集写篇序,我写了。序中,好像还劝告他,不要只写车间,多读点书,各地走走看看，等等。

这以后，国儒在创作上，就不很顺利。对他的作品，五十年代的热闹劲头，突然冷落下来。国儒想不通，生活得很落寞。

有些问题，第一次遇上，就容易想不通。比如国儒的小说，到底是写得好呢，还是写得不好？如果说，本来就没有什么意思，为什么在五六十年代，大家都异口同声地吹捧呢？如果说，实在是写得不错，为什么现在又到处遭到冷遇呢？

当然，也可以把小说比作服装，过时了，面料和款式，都不时兴，放到箱底去吧！但文学作品，实在又不能和服饰之类相比。因为，如果是那样，就不会有永久性的作品了。

这只能从更大的范围，更多的事例，去寻找解答。从天地之间，社会之上，去寻求解答。

比如，在我们所处的时代，为什么有的话，今天奉为真理，明天就成了谬论；为什么有的人物，今天红得发紫，明天又由紫变黑？如果还不明白，就可以再向大自然求教：天为什么有阴晴，地为什么有山水？花为什么有开谢，树为什么有荣枯？等等。

而国儒又好像缺乏这种哲学头脑，心里的烦闷，不能迎刃而解。作品受冷遇，必然意味着人也受冷遇，再加上随之而来的，一系列能影响敏感之心的问题，他的健康，就受到了严重的影响。

国儒是工人，但来自农村。基本上，还是农民的气质，称得上是忠诚、正直。这种气质是可贵的。可贵的，并不一定就值钱。

现在，各行各业，只有一种素质，是不够的。作家这一行，尤其如此。如果国儒听信我的劝告，不囿于农村、工厂，能常到开放地区转转，甚至干一阵子专业户，做点买卖。也不妨到各个水陆码头，与一些流氓鬼混相处一个时期。如有机会，还可进衙门官场，弄个头衔做做。如此，不只生活场景开拓了，心胸见闻也必随之开拓。熔各方经验于一炉，集多种素质于一身。其作品走红，等级提高，生活改善，必皆能操胜券。心广体胖，也不会遭癌症的侵袭了。

无奈国儒是个本分人，老实人，当然不会听信我这些信口开河的话。他仍然是下乡啊，下厂啊，照旧方式工作着。有时还从农村给我带来一些新棒子面、新稻米。这也是一个老实人的表现，他总以为我给他的书作了序，就要有些报答。

五十年代，中国文坛，曾先后有两颗新星出现：一个是工人万国儒，一个是农民谷峪。谷峪当时风头更健，曾当过八大候补代表，出国访问。其以后遭遇，比起国儒，就惨多了。前不久已死去。我想：国儒一定是知道的，自己会想开的。

看来，国儒的性格很固执。

他发现有病，进院手术之前，曾来看我一次。我深深理解他的用意，我沉重地对他说：

"国儒，砸锅卖铁，我们也要治病。人家送礼，我们也要送礼！国儒，我能对你有什么帮助吗？"

"没有，没有。"他照例坚强地说。

过去，他来了，我没有送过他，这次，我把他送到门外，并和他握了握手。

春节时，我居然接到他一封很乐观的信。还有暇关心身外的事，说听到一个消息，非常气愤，这是"有人要把水搅浑"，他要给上级写信，等等。我给他回信说，十分惦念他的病，希望他什么也不要想。世界这样大，人口这样多，什么人也会有，什么事也会发生的。管得了那么多？

这也是国儒的忠诚老实之处。如果是我，我如果是一条鱼，看见有人把水搅浑了，我就赶紧躲开，游到远处去。如果躲不开，我就钻到泥里草里去。不然，就有可能被钓住，穿在柳条上，有被出卖的危险。我也不会给上级写信。

国儒一直不知道，他的病，已经是不治之症。还在关心文艺界的奇异现象，我敢说，他是抱恨终生了。

1990年3月13日上午

记 老 邵

一

阅报,老邵已于四月二日逝世,遗嘱不开追悼会,不留骨灰。噫!到底是看破红尘了。

我和老邵,也是进城以后才认识的。我们都是这家报纸的编委,一次开会,老邵曾提出,我写的长篇小说,是否不要在报纸上连载了,因为占版面太多。我告他,小说就要登完了。他就没有再说什么。

这可以说是我们第一次打交道。平日,我们虽然住在一个院里，是很少接近的。我不好接近人。

这样过了一二年，老邵要升任总编辑了。有一天上午，他邀我到劝业场附近，吃了一顿饭，然后又到冷饮店，吃了冰糕。结果，回来我就大泻一通，从此，就再也不敢吃冷食。

我来自农村，老邵来自上海。战争期间，我们也不在一个山头。性格上的差异，就更不用说了。不过，他请我吃饭，这点人情，我还是领会得来的。他是希望我们继续合作，我不要到别处去。

其实，我并没有走的想法。那一个时期，不知为什么，我总感觉，我已经身心交瘁，就要不久于人世了。又拉扯着一大家子人，有个地方安身，有个地方吃饭，也就是了。

另外，对于谁当领导，我也有了一点经验：都差不多。如果我想做官，那确是要认真想一下。但我不想做官，只想做客，只要主人欢迎我，留我，那就不管是谁领导，都是一样的。

不久，我就病了。最初，老邵还给我开了不少介绍信,并介绍了各地的小吃,叫我去南方旅行。谁知道,我的病越来越重,结果在外面整整疗养了三年,才又回来。

二

一回到家,我们已经是紧邻。老邵过来看了我一下,我已经从老伴嘴里知道,他犯了什么"错误",正在家里"反省",轻易是不出来的。

不多日子,就又听说,老邵要下放搬家,我想我也应该去看看他。我走到他屋里,他正在收拾东西,迎面对我说:"你要住这房子吗?"

我听了心里不大高兴,就说:"我是来看你,我住这房子干什么?"

他的爱人也说:"人家是来看你!"

老邵无可奈何地说:"这房子好!"

我明白他的意思。这房子是总编辑住的,他不愿接任他的人住进来,宁可希望我住。我哪里有这种资格。

这时,有一位总务科的女同志,正在他的门口,监视着他搬家。老邵出来,说了一句什么,那位女同志就声色俱厉地说:"这是我的责任!"

我先后看到过三任总编辑从这里搬家。两任是升迁。其中一位,所用的家具全部搬走。另一位,也是全部搬走,事先付了象征性的价钱,都有成群的人来帮忙。老邵是下放,情况当然就不同了。

三

其实,老邵在任上,是很威风的,人们都怕他。据说:他当通讯部长的时候,如果和两个科长商量稿件,就从来不是拿着稿子,走到他们那里去;而是坐在办公桌前,呼唤他们的名字,叫他们过来。升任总编以后,那派头就更大了。报社新盖了五层大楼,宿舍距大楼,步行不过五分钟。他上下班,总是坐卧车。那时卧车很少,不管车停在哪里,都很引人注目。大楼盖得很讲究，门窗一律菲律宾木。老邵的办公室，铺着大红地毯，墙上挂着名人字画。编辑记者的骨干，都是他这些年亲手训练出来的那批学生。据说，一听到走廊里老邵的脚步声，都急速各归本位，屏息肃然起来。

老邵是想做官，能做官，会做官的。行政能力，业务能力，都很强。谁都看出来，他不能久居人下。他的升任总编，据我想，可能和当时的一位市长有关。在一个场合，我曾看见老邵对这位市长，很熟识，也很尊敬，他们可能来自一个山头。至于老邵的犯"错误"，我因为养病在外，一直闹不清楚，也不愿去仔细打听。我想升官降职，总和上面有人无人，是有很大关系的。

四

自从老邵搬走以后，听说他在自行车厂工作，就没有见过面。"文化大革命"时，有一天晚上，报社又开批斗会,我和一些人,低头弯腰在前面站着,忽然听到了老邵回答问题的声音。那声音,还是那么响亮、干脆,并带有一些上海滩的韵味。最令人惊异的是,他的回答,完全不像批斗会上的那种单方认输的样子,而是像在自由讲坛上,那么理直气壮。有些话,不只是针锋相对,而且是以牙还牙的。一个革命群众把批判桌移到舞台上面去,想居高临下,压服他,说:"你回答:为什么,我写的通讯,就不如某某人写得好?"

老邵的回答是:"直到现在,我还是认为,你写的文章,不如某某!"

"有你这样回答问题的吗?"革命群众吼叫着。

于是武斗开始。这是预先组织、训练的一支小型武斗队,都是年轻人。一共八个人,小打扮,一律握拳卷袖,两臂抬起内弯,踏步前进。他们围着老邵转圈子,拳打脚踢,不断把老邵打倒。有一次,一个打手故意发坏,把老邵推到我身上,把我压在下面,一箭双雕。一刹时,会场烟尘腾起,噼啪之声不断。这是报社最火炽的一次武斗。老邵一直紧闭着嘴,一言不发。大会散了以后,我们又被带到三楼会议室,一个打手把食指塞到老邵的嘴里,用力抠拉,大概太痛苦了,我看见老邵的眼里,含着泪水。

还是自行车厂来了人,才把老邵带回去了。后来我想,老邵早调离报社,焉知非福?如果留在这里,以他的刚烈,会出什么事,是谁也不敢说的。这家报社,地处大码头,经过敌、伪、我三个时期,人员情况是非常复杂的。我都后悔,滞留在这个地方之非策了。

五

"文革"以后,老邵曾患半身不遂,他顽强锻炼,后来能携杖走路了。我还住在老地方,他的两位大弟子,也住在那里,当他去看望他们的时候,也顺便到我屋里坐坐。这时我已经搬到他住过的那间房里,不是我升任了总编,而是当时的总编,不愿意在那里住了。

谈话间,老邵还时常流露愿意做些事,甚至有时表示，愿意回报社。作为老朋友、老同事，我直截了当地对他说："算了吧，好好养养身体吧。五十年代，你当总编，培养了不少人，建立了机关秩序，做出了不少成绩。那是托人民的福，托党的福，托时代的福。那一个时期，是我们党，我们国家和我们报社的全盛时期。现在不同了。你以为你进报社，当总编，还能像过去一样，说一不二，实现你那一套家长式的统治吗？我保险你玩不转，谁也玩不转，谁也没办法。"

他也不和我争论，甚至有时称我说得对，听我的话，等等。这就证明他已经不是过去的老邵了。

后来，又听说他犯了病，去外地疗养了一个时期。去年秋季，他回来后，又到我的新居，看望我一次，谈话间，又发牢骚，并责备我软弱，不敢写文章了。我说："我们还是睁一只眼，闭一只眼吧！"

他说："我正是这样做的。"

说完就大笑起来，他的爱人也笑了起来。我才知道，他的左眼，已经失明。我笑不出来，我心里很难过。

芸斋曰：老邵为人，心直口快，恃才傲物，一生人缘不太好。但工作负责严谨，在新闻界颇有名望，其所培养，不少报界英才。我谈不上对他有所了解，然近年他多次枉顾，相对以坦诚。他的逝世，使我黯然神伤，并愿意写点印象云。

1990年4月10日写讫

记 陈 肇

老友陈肇，于一九九〇年十一月七日，病逝于北京。

自一九三八年，一同任职冀中抗战学院起，至一九四〇年，又一同在晋察冀通讯社工作止，我同他，可以说是朝夕相处，患难与共的。我在几篇回忆性的散文中，都曾写到过他。这里只能再记一些琐事。

他去世后，我在北京的女儿，前去吊唁，慰问了已经不能说话的陈伯母。肇公的两个孙女和两个外孙，叫我女儿转告，希望我能写一点什么。

我想，这些事，是我的责任，我一息尚存，当勉力为之。难道还需要孩子们对我进行嘱托吗？

陈肇，河北安平县人。他毕业于天津河北省第一师范。老辈人都知道，这个学校，是很难考入的，学生多是农村一些贫苦好学的子弟。

他的家我去过，不过是个中农。他父亲很有过日子的远见，供他念书，叫二儿子务农，三儿子去当兵。毕业后，他执教于昌黎简师。

一九三八年的秋天，我和陈肇打游击，宿在他的家中，他已经和大嫂分别很久了，我劝他去团圆团圆，但他一定陪我睡。第二天天尚不亮，我们就离开了。陈肇对朋友如此认真，第一次给我留下深刻的印象。

一九六二年夏天，我去北京，住在椎把胡同的河北办事处。一天下午，我与一个原在青岛工作、当时在北京的女同志，约好去逛景山公园。我先到景山前街的公共汽车站去等她。在那里，正好碰上从故宫徒步走来的陈肇。他说：

"我来看你，你怎么站在这里？"

我说等一个人。他就站在路边和我说话。我看见他穿的衬衣领子破了，已经补上。

他一边和我谈话，一边注意停下来的汽车，下来的乘客。他忽然问：

"你等的是男的，还是女的？"

我说是女的。他停了一下说：

"那我就改日再到你那里去吧！"

说完，他就告别走了。我一回头，我等待的那位女同志，正在不远的地方站着。

在对待朋友上，我一直自认，远不能和陈肇相比。在能体谅人、原谅人方面，我和他的差距就更大了。

进城以后，他曾在国务院文办工作，后又调故宫博物院。一九五二年冬季，我到他的宿舍看望他，他穿着一件在山里穿过的满是油污的棉大衣。我说：

"怎么还穿这个？多么不相称！"

他严肃地望望我说：

"有什么不相称的？"

我就不能再往下说了。我在生活上，无主见，常常是入乡随俗、随行就市的。当时穿着一件很讲究的皮大衣。

他住的宿舍,也很不讲究,可以说是家徒四壁,放在墙角的床铺周围墙壁上,糊了一些旧画。被褥、枕头,还按三十年代当教员时的方式叠放着。写字桌上,空空如也,却放着一副新和田玉镇纸,一个玉笔架。他说:

"三兄弟捎来的,我用不着,你拿去吧。"

这以后,他得到什么文具,只要他觉得不错,就郑重其事地捎给我用。

在故宫,他是副院长,就连公家的信纸、信封都不用,每次来信,都是自己用旧纸糊的信封。

有一次,我想托他在故宫裱张画,又有一次,想摘故宫一个石榴做种子。一想到他的为人,是一尘不染的,都未敢张口。

他多才多艺,他能画,能写字,能教音乐,能作诗,能写小说。这些,他从不自炫,都不大为人知道。我读书时,遇到什么格言警句,总是请他书写后,张挂座右。我还一直保存他早年画的一幅菊花,是他自己花钱,用最简易的方式裱装的。

琐事记毕,系以芜辞:

  风云之起,一代肇兴。既繁萧曹,亦多樊滕。我辈书生,亦忝其成,君之特异,不忘初衷,从不伸手,更不邀功。知命知足,与世无争。身处繁华,如一老农。辛勤从政,默默一生。虽少显赫,亦得安宁。君之逝也,时逢初冬,衰草为悲,鸿雁长鸣。闻君之讣,老泪纵横!

1990年11月22日病起作

悼 康 濯

　　整整一个冬季，我被疾病折磨着，人很瘦弱，精神也不好，家人也很紧张。前些日子，柳溪从北京回来说：康濯犯病住院，人瘦得不成样子了。叫她把情况告诉我。我当即写了一封信，请他安心治疗，到了春暖，他的病就会好的。但因为我的病一直不见好，有点悲观，前几天忽然有一种预感：康濯是否能熬过这个漫长的冬季？

　　昨天，张学新来了，进门就说：告诉你一个不幸的消息。我没等他说完，就知道是康濯了。我的眼里，立刻充满了泪水。我很少流泪,这也许是因为我近来太衰弱了。

从一九三九年春季和康濯认识,到一九四四年春季,我离开晋察冀边区,五年时间,我们差不多是朝夕相处的。那时在边区,从事文学工作的,也就是那么几个人。

康濯很聪明,很活跃,有办事能力,也能团结人,那时就受到沙可夫、田间同志等领导人的重视。他在组织工作上的才能,以后也为周扬、丁玲等同志所赏识。

他和我是很亲密的。我的很多作品,发表后就不管了,自己贪轻省,不记得书包里保存过。他都替我保存着,不管是单行本,还是登有我的作品的刊物。例如油印的《区村和连队的文学写作课本》《晋察冀文艺》等,"文革"以后,他都交给了我,我却不拿着值重,又都糟蹋了。我记得这些书的封面上,都盖有他的藏书印章。实在可惜。

"文革"以前,我写给他的很多信件,他都保存着,虽然被抄去，后来发还，还是洋洋大观。而他写给我的那两大捆信，因为不断抄家，孩子们都给烧了，当时我并不知道。我总觉得，在这件事情上，对不住他。所以也不好意思过问，我那些信件，他如何处理。

一九五六年，我大病之后，他为我编了《白洋淀纪事》一书，怕我从此不起。他编书的习惯，是把时间倒排，早年写的编在后面。我不大赞赏这种编法，但并没有向他说过。

他和我的老伴，也说得来。孩子们也都知道他。一九五五年，全国清查什么"集团"，我的大女儿，在石家庄一家纱厂做工。厂里有人问她：你父亲和谁来往最多？女儿不知道是怎么回子事，想了想说：和康濯。康濯不是"分子"，她也因此平安无事。

他在晋察冀边区，做了很多工作，写了不少作品。那时的创作，现在，我可以毫不含糊地说，是像李延寿说的：潜思于战争之间，挥翰于锋镝之下。是不寻常的。它是当国家危亡之际，一代青年志士的献身之作，将与民族解放斗争史光辉永存，绝不会被数典忘祖的后生狂徒轻易抹掉。

至于全国解放之后，他在工作上，容有失误；在写作上，或有浮夸；待人处事，或有进退失据。这些都应该放在时代和环境中考虑。要知人论世，论世知人。

近些年，我们来往少了，也很少通信，有时康濯对天津去的人说：回去告诉孙犁给我写信，明信片也好。但我很少给他写信，总觉得没话可说，乏善可述。他也就很少给我写信，有事叫邹明转告。康濯记忆很好，比如抗日时期，我们何年何月，住在什么村庄，我都忘记了，他却记得很清楚。他所知文艺界事甚多，又很细心，是个难得的可备咨询的人才。

耕堂曰：战争时相扶相助，胜利后各奔前程，相濡相忘，时势使然。自建国以来，数十年间，晋察冀文学同人，已先后失去邵子南、侯金镜、田间、曼晴。今康濯又逝，环顾四野，几有风流云散之感矣！

1991年1月19日下午

黄　叶[①]

又届深秋，黄叶在飘落。我坐在门前有阳光的地方。邻居老李下班回来，望了望我，想说什么，又走过去。但终于转回来，告诉我：一位老朋友，死在马路上了。很久才有人认出来，送到医院，已经没法抢救了。

我听了很难过。这位朋友，是老熟人，老同事。一九四六年，我在河间认识他。

他原是一个乡村教师，爱好文学，在《大公报》文

---

① 原文收入《孙犁文集》三。

艺版发表过小说。抗战后，先在冀中七分区办油印小报，负责通讯工作。敌人"五一大扫荡"以后，转入地下。白天钻进地道里，点着小油灯，给通讯员写信，夜晚，背上稿件转移。

他长得高大、白净，作风温文，谈吐谨慎。在河间，我们常到野外散步。进城后，在一家报社共事多年。

他喜欢散步。当乡村教师时，黄昏放学以后，他好到田野里散步。抗日期间，夜晚行军，也算是散步吧。现在年老退休，他好到马路上散步，终于跌了一跤，死在马路上。

马路上车水马龙，行人熙熙攘攘，但没有人认识他。不知他来自何方，家在何处？躺了很久，才有一个认识他的人。

那条马路上树木很多，黄叶也在飘落，落在他的身边，落在他的脸上。

他走的路，可以说是很多很长了，他终于死在走路上。这里的路好走呢，还是夜晚行军时的路好走呢？当然是前者。这里既平坦又光明，但他终于跌了一跤。

如果他是一个舞场名花，或是时装模特，早就被人认出来了。可惜他只是一个离休老人，普普通通，已经很少有人认识他了。

我很难过。除去悼念他的死，我对他还有一点遗憾。

他当过报社的总编，当过市委的宣传部长，但到老来，他愿意出一本小书——文艺作品。老年人，总是愿意留下一本书。一天黄昏，他带着稿子到我家里，从纸袋里取出一封原已写好的，给我的信。然后慢慢地说：

"我看，还是亲自来一趟。"

这是表示郑重。他要我给他的书，写一篇序言。

我拒绝了。这很出乎他的意料，他的脸沉了下来。

我向他解释说：我正在为写序的事苦恼，也可以说是正在生气。前不久，给一位诗人，也是老朋友，写了一篇序。结果，我那篇序，从已经铸版的刊物上，硬挖下来。而这家刊物，远在福州，是我连夜打电报，请人家这样办的。因为那位诗人，无论如何不要这篇序。

其实，我只是说了说，他写的诗过于雕琢。因此，我已经写了文章声明，不再给人写序了。

对面的老朋友，好像并不理解我的话，拿起书稿，告辞走了。并从此没有来过。

而我那篇声明文章，在上海一家报社，放了很长时间，又把小样，转给了南方一家报社，也放了很久。终于要了回来，在自家报纸发表了。这已经在老朋友告辞之后，所以还是不能挽回这一点点遗憾。

不久，出版那本书的地方，就传出我不近人情，连老朋友的情面都不顾的话。

给人写序，不好。不给人写序，也不好。我心里很别扭。

我终觉是对不起老朋友的。对于他的死，我备觉难过。

北风很紧，树上的黄叶，已经所剩无几了。太阳转了过去，外面很冷，我掩门回到屋里。

1987年10月19日

木 棍 儿[①]

崇公道对苏三说:"三条腿走路,总比两条腿走路,省些力气。"此话当真不假。抗日战争期间,我在山地工作近七年,每逢行军,手里总离不开一根棍子,有时是六道木,有时是山桃木。棍子的好处,还在夜间,可作探路之用。那样频繁的夜行军,我得免于跌落山涧,丧身溪流,不能不归功伴随我的那些木棍。

形象是不大雅观的:小小年纪,破衣烂裳,鞋帽

[①] 原文收入《孙犁文集》三。

不整。左边一个洋瓷碗，右边一个干粮袋，手里一根木棍。如果走在本乡本土的道路上，我心里是会犯些嘀咕的。但那时我是离家千里之外，而从事的是神圣的抗日工作，人皆以我为战士，绝不会把我当成乞儿。

抗战胜利，回到家乡平原，我就把棍子放下了。

棍子作为文学用语，曾是恶称。自我反思：虽爱此物，颂其功能，本身并非棒喝之徒，所以放下它，也无缘歌喉一转，另作梵呗之声。至于他人曾以此物，加于自己的头上，也会长时间念念不忘，不能轻易冰释于怀，形成谅解宽松的心态。乃修行不到之过。

现在老了，旧性不改，还是喜爱一些木棍。儿女所买，友朋所赠，竹、木、藤制，各色手杖，也有好几条了。其实，我还没有到非杖不行，或杖而后起的程度，手里拿着一根木棍，一是当作玩艺儿，一是回忆一些远远逝去的生活。

棍子有多条，既是玩艺，就轮流着拿，以图新鲜。

既不问其新老，也不问其质地。现在手里拿的，是一根山荆木棍，上雕小龙头，并非工艺品。

此杖乃时达同志所赠。时达系军人，一九四二年，我回冀中时认识。他那时任冀中七分区作战科长，爱文艺，作一稿投《冀中一日》，为我选用。时达幼年在旧军队干过，后上"抗大"，分配到我的家乡。官级不高，派头很大，服装整齐，身后总有一个勤务兵。老伴生前告我：日寇"五一大扫荡"时，一天黄昏，她在场院抱柴，时达骑着一匹高头大马，闯入场院，把一个绿色大褡套推落在地，就急急上马奔驰而去，一句话也没说。褡套里都是书。我妻当天把书埋在地里，连夜把褡套拆了，染成黑色。

时达后来担任空军师长。"文化大革命"时，被林彪诱捕入狱。出狱后流放到长白山。无事可干，他就上山砍柴，选一些木棍，削制成手杖，托人捎到天津，送给王林和我。附言说：这种木棍，寒地所产，质坚而轻，并可暖手，东北老年人多用之。

时达前几年逝世了，讣告来得晚，我连个花圈，也没得送到他的灵前。现在手里，摆弄着他十年前送给我的一根棍子。

1986年10月17日下午，寒流至，
不能外出，作此消遣

附记：

进城以后，时达曾到天津来过几次：一次，我同王林陪他到干部俱乐部，遇有舞会，他遂下场不出，乐而忘返。我因不会跳，也不愿看，乃先归。此次，我送他日本小瓷器数件，还有一幅董寿平画的杏花。据说，他视如珍宝。一次，是我在病中，他陪我到水上公园钓鱼。他不耐那里的寂寞，我劝他先回，他又不好意思。两个人胡乱玩了一会，就一同回来了。最后一次，是"文化大革命"结束，他当了长白山自然保护区的主任，回河南探亲路过。自己已非军人，还是从当地驻军，借了一个长得很漂亮的小孩，当他的勤务兵。到舍

下时,天色已晚,我送他到机关招待所,他看了看,嫌设备不好,坚决不住。只好托人给他联系了一处高级招待所,派汽车送去。此次,他给我带来长白山的松子、蘑菇,还有几种不知名的野菜,他都用破布缝制的小袋装好,并附以纸片说明。还送我一袋浮石,即澡堂用的擦脚石。

10月18日

思念文会①

近日，时常想念文会，他逝世已有数年。想打听一下他的家属近状，也遇不到合适的人。

文会少年参军，不久任连队指导员。"文革"后期，我托他办事，已知他当年的连长，任某省军区司令。他如不转到地方工作，生前至少已成副军级无疑。

可惜他因爱好文艺，早早转业，到了地方文艺团体，这不是成全人的所在，他又多兼行政职务，写作

---

① 本文选自《暑期杂忆》，此文为其一，收入《孙犁文集》三。——编者

上没有什么成绩。

文会进城不久就结了婚,妻子很美。家务事使他分心不小,老母多年卧床不起。因受刺激,文会精神曾一度失常。

文会为人正直热情,有指导员作风。外表粗疏,内心良善,从不存害人之心,即此一点,已属难得。

他常拿稿子叫我看。他的文字通顺,也有表现力。只是在创作上无主见,跟着形势走,出手又慢,常常是还没定稿,形势已变,遂成废品。此例甚多,成为他写作的一个特点。

但他的用心是好的,出发点是真诚的,费力不讨好,也是真的。那时创作,都循正途——即政治,体验,创作。全凭作品影响,成功不易。

今天则有种种捷径,如利用公款、公职、公关,均可使自己早日成名。广交朋友,制造舆论,也可出名。其中高手,则交结权要、名流,然后采取国内外交互哄抬的办法,大出风头。作品如何,是另外一回事。

"文革"以后，文会时常看望我。我想到他读书不多，曾把发还书中的多种石印本送给他，他也很知爱惜。

文会先得半身不遂，后顽强锻炼，恢复得很好。不久又得病，遂不治，年纪不大，就逝去了。那时我心情不好，也没有写篇文章悼念他。现在却越来越觉得文会是个大好人，这样的朋友，已经很难遇到。

1991年7月23日下午

颐和园[①]

三十年代初,我在北平一所小学校当庶务员时,每逢清明节,教职员一同到郊外游玩,曾到过香山碧云寺、卧佛寺,却不记得到过颐和园。那时颐和园的门票是大洋一元,我每月所得只有十八元,而且不久

[①] 此篇原收入《芸斋小说》,"芸斋主人曰:H、G谢世,余有悼文"。H是侯金镜,G是郭小川,悼文收在前,此篇正好作为补充。之所以写成"小说",也交代了:"时势不利,投寄无门。左砍右削,集内聊存。今日读之,意有未申。此文乃补作也。"作者苦衷和用意可想而知。——编者

也就失业了。

六十年代初，我却有机会在颐和园住过两次，每次总在十天以上。我所属的文艺团体，在颐和园设了一处休养所，请了一个厨师。休养所在靠近排云殿的西边山腰上，游人不常到之处，很是安静。有三四间房子，分里外院。站在里院的平台上，可以望昆明湖的全景。平台下面还有一片竹子，有一股泉水，淙淙流过。这个所在，除去上下山不方便，真是一处写作和休息的好地方。

厨师是山东人，很年轻。他本来已经考上了大学，却愿意放弃学业，来这里做饭。他从老家把老婆孩子接来，住在里院一间小房里。工作也不累，每天最多也就只侍候三四个人的伙食，饭菜也很简单。而且只是夏天有客人，到冬天，就剩下他一家人自由自在，看守房子了。

别的机关，也在园里设休养所，有的房子还很多，不常有人来住。为了阻止游人，大门关闭着，写上"宿舍"二字。六十年代的颐和园，当然没有八十年代的游人多，但比起解放前，游人还是大大增加了，人品也复杂了。星期天最热闹，多数人是游排云殿，或在昆明湖里划船。也有些好寻幽探胜，到处乱跑，走到这些休养所门前，吃了闭门羹，随手在地下捡一粉块，在"宿舍"旁边，另题"狗窝"二字。奇怪的是，这种题字，管理人员也不及时擦掉，致使两种题字长期并存，相映成趣。

另外，因为这些休养所不常有人住，管理人员少，也容易成为一些为非作歹之人的逃匿薮。我住的休养所，围墙很低，大门是个栅栏。我好静，一个人住在外院，有一天午睡，忽然听见从后山，跳进两个人来，到窗前一看，一男一女，服装都没穿好，想是在山洞里苟合，被人发觉。两个人在我院里，喘息稍定，穿好衣服，迈过栅栏，从容而去。

第一次陪我住进休养所的是 H，文艺批评家，团体所属一家理论刊物的副主编。他是晋察冀的干部，和我是从一个山头下来的，进城以后，这是第一次见面。H 素来老成持重，为我所敬服。他知道我大病初愈，对我照顾得也很好。

进园第一天，吃过晚饭，天气还早，我们到附近散步，然后爬到一个山顶，坐在草地上闲谈，并看落日。落日的余晖，照在我们的身上，西边玉泉山一带的山石林木，也沐浴在光辉之中。我们一同在太行山麓，战斗八年之久，那时吃过晚饭，一同上山玩玩，和目前的情景，是相同的。

那时虽然衣食不继，战斗频繁，但一得到休息，例如并肩躺在山坡上，晒着太阳，那心情是十分美妙的，不可言喻的。闭上双目，充满幻想，希望在前，有幸福感。现在，我病后虚弱，他身体也不很好，工作任务很重。这次进园，一是为了陪我，二是为了给刊物写一篇指导当前思想斗争的社论，带来了一大堆材料，经典著作，准备随时参考查引。

他问了问我得病的原因和近来的情况。我只是简单地说了一下，并没有敞开肺腑，和他详细诉说，胜利以后，个人在生活和感情上，遭到的变故、挫折和苦恼。这些年，即使是在朋友至交面前，大家都不习惯谈个人的私事。

他沉默了很久,然后还是用他那沉重短促的语气说:"你的大脑皮质太疲劳了。"

他住在里院,工作又很忙,除去吃饭之时,我们谈话的机会也不多。我很寂寞,写信给住医院时结识的一位护士,她在休息的时候,就常买些吃食来看我。H遇见过几次。每逢天晚,我送走这位女客时,他总是陪我,一同走到园门外的汽车站。他做过政治工作,知道这种事情,不好详细过问,又不能不关心。他是怕我一时冲动,在天黑路暗,四处无人时,发生什么意外。那时,说良心话,我确实没有那种精力和魄力。但我并不怪他,而且感激他。他也不过多干预这件事,知道那位女客好吃糖葫芦,他有时还从园外买回几支来,送到我的房间。女客是常熟人,长得小巧玲珑,是医院建院时,从苏杭一带选来的女孩中的尤其俊俏者。此后,也就没有来往。

第二次和我同住的是G,诗人,团体的秘书长,我们曾在一家报纸共过事。他爽朗热情,有行政能力。那时,他爱人在附近的党校学习,每天晚饭之前,G

就翻山越岭去接她。夫妻感情之好，令人羡慕。

每天清晨，G陪我去划船，我们从石舫上船，过五龙亭，绕昆明湖一周，再吃早饭。后来他有事先走了。嘱托厨师，好好照看我。我还是每天清晨起来，先去划船。我的划船技术，并不高明，是在小汤山浅湖中学会的。昆明湖的水很深，清晨没有游客，整个湖面就是我一个人。如果遇到风浪，那是很危险的，现在回想起来，还有点害怕。但那情景是可爱的，烟波荡漾，四处静寂，那只卧在水中的小铜牛，倾头凝望，每逢划到它附近时，我都从心里向它祝福。

几年以后，H以心脏病，死于湖北干校的繁重劳动。稍后，G在流亡时，于河南旅舍自焚。

芸斋主人曰：H、G谢世，余有悼文。时势不利，投寄无门。左砍右削，集内聊存。今日读之，意有未申。此文乃补作也。

1987年6月10日下午写讫

葛覃①

一

他名叫葛覃。我记得这两个字出自《诗经》。但年老了,恐怕记得不准,找出书来查查,所记不误。题作《葛覃》的这几段诗,是古代民歌,也很好读。在这几章诗的后面,有古人的一段议论,说:此诗后妃所自

---

① 此篇原收入《芸斋小说》。葛覃,确有其人,本命葛尧,在安新县的白洋淀之东郭里口小学任教。他去世后,他的学生为他集资出版了一本《葛尧诗选》。——编者

作，故无赞美之词。然于此可以见其已贵而能勤，已富而能俭，已长而敬不弛于师傅，已嫁而孝不衰于父母，是皆德之厚而人所难也。这一段议论，虽然莫名其妙，不知为什么，在我的心里，和葛覃这个人，联结起来了。

二

我们认识的时候，还都是青年，他比我还要小些，不过十七八岁。人虽然矮小一些，却长得结实精神，一双大眼，异常深沉。他的家乡是哪里，我没有详细问过，只知道他是南方人，是江浙一带的中学生。为了参加抗日，先到延安，一九三九年春天，又从延安爬山涉水来到晋察冀边区。我们见面时，他是华北联合大学文艺学院文学系的学生，我在那里讲一点课，算是教员。一九四一年，边区文艺工作者协会成立，我们一同参加了成立大会，他已经写了不少抗日的诗歌，他的作品富于青春热情和抗争精神，很多人能够背诵。一九四二年开始整风，文艺工作者纷纷下乡，各奔东西，我们就分别了。

后来听说葛覃到了冀中区，后来又听说他到了白洋淀。那个时候，冀中区斗争特别激烈残酷，敌人的公路如网，碉堡如林，我们的大部队，已经撤离，地方武装也转入地下，原来在那里的文艺工作者，也转移到山里来了，而葛覃却奔赴那里去了。

我心里想，这位青年诗人，浪漫主义气质很明显，一定是向往那里的火热斗争，或者也向往那里的水乡景色，因为他来自江南。或者吃厌了山沟里的糠糠菜菜，向往那里的鲜鱼大米吧。

山川阻隔，敌人封锁，从此就得不到他的消息，也不知道他的生死，我就渐渐把他忘记了。

三

日本投降以后，我回到了冀中，也曾经到过白洋淀，但没有听到他的消息，也没有想到探寻他的下落。我的生活也一直动荡不安。经过三年解放战争，我到了天津，才从文艺学院另一位同学那里，知道葛覃还在白洋淀。那位同学说：

"他一直在那里下乡，也可以说在那里落户了。他的下乡，可以说是全心全意的了吧！"

进城以后，我的生活进入了新的不安定阶段，听到了这个消息，并没有感到惊异，也没有想到去看望他。这时，人与人之间的关系，已经不像在山地那样，随时关心，随时注意了，这就叫作"相忘于江湖"！大家关心、注意的是那些显赫的人物和事件，报纸刊出的或电台广播的消息：谁当了部长，谁当了主任，谁写了名著，谁得到了外国人的赞扬……作家们还是下乡，有时上边轰着下去一阵，乡下炕席未暖，又浮上来了。葛覃下乡虽然彻底，一下十几年，一竿子扎到底，但他并没有因此出名，也没有人表扬他，因为他没有作品，一首诗也没有发表过。他到底在干什么呀？这倒引起了我的好奇心！

"文化大革命"来了，大动乱开始了，文艺界的很多知名人士，接连不断地被打倒，被游街示众，被大会批判，被迫自杀身亡，几年的时间，已经弄得哀鸿遍野，冤魂塞路……我算是活下来了，但生活下去还是很艰难，惶惶终日，自顾不暇，把所有的亲人、朋友、同志，都忘记了，当然更不会想到葛覃。

四

但就是在这个时候，我见到了葛覃。我所在的城市，有一个文教女书记，因为和江青有些瓜葛，权势很大，人称太上皇。她想弄出一个样板戏，讨江青的欢喜。市京剧团，原来弄了一个脚本，是写白洋淀抗日斗争的，但一直不像个样板。正赶上我已经被"解放"，有人向女书记介绍了我，说我写过白洋淀，可以参加样板戏的创作。因此，我就跟着剧团到白洋淀去体验生活，住在淀边一个村庄。行前，文艺学院那位同学告诉我，葛覃就是在这个村庄教小学。

到那里的第二天早晨，我就去找葛覃。小学在村庄的南头，面对水淀。校舍很宽敞，现在正是麦收季节，校门前的大操场，已经变成了打麦场。到学校一问，现在放假，葛老师到区上开会去了。

这个村庄街道很窄，每天早晨，我到操场去散步。有一次，看到一个农民穿戴的中年人，从学校出来，手里提了一个木水桶，上到淀边的船上，用一根竹竿，慢慢把船划到水深处，悠然自得，旁若无人，然后打了一桶水，又划回来，望了我一眼，没有任何表情，提着桶到学校去了。我看这个人的身影，有些像葛覃，就赶快跟了进去。他正在厨房门口往饭锅里添水，我喊了一声：

"葛覃！"

他冷漠地看了看我，说：

"听说你们来了。"

我随他走进屋里，这是他的厨房兼备课室，饭桌上零散地放着一些书籍报纸，书架上也放着一些碗筷、瓶罐。

我看着他做熟了饭——一碗青菜汤；又看着他吃完了饭——把一个玉米面饼子，泡在热汤里，他差不多一句话也没有说。没有问我现在的工作，这些年的经历,"文化大革命"的遭遇;也没有谈他在这里的生活和经历,比如说土改、"四清",他有没有问题,和老家有没有联系。

在这种气氛下,我也没有多谈,只是翻看他们桌上的书报,临走向他借了一本范文澜的《中国通史简编》,拿回住处去看。

过了几天,村干部们在小学里请一位来参观的军官吃饭,把我拉去陪客。我去应付了一下,就托辞出来,去看葛覃。这次他把我让进了卧室。那是由一间教室的走廊,改造而成。临院子的一面,用牛皮纸糊得严严的,阳光也射不进来。一副木床板上,放着他的铺盖卷,此外什么也没有。室内昏暗,空气也不佳,我又把他叫出来,在院里站着谈话。

他好像有了一点兴致。

他说:

"张春桥现在做什么官儿?"

"政治局常委,国务院副总理。"我说,"看来还不满足,还想往上爬哩!"

"你记得吗？"葛覃脸上忽然闪过一丝笑意，"我们在华北联大开会时，他只能当当司仪，带头鼓掌喊口号，此外就什么也不会干了。"

在庭院里，我觉得不应该议论这种人物，尤其是眼下，不远的地方正在有宴会进行，我没有把话接下去。这时剧团里的两位女演员跑来叫我去开会，我就走了，他也没有送我出来。

在村里，我问过村干部，葛覃在这里结过婚没有。他们说，前些年，曾给他介绍过一个女的，结婚以后，那女的脾气不好，有点虐待葛老师，就又离散了。他们说葛老师初来时，敌人正在疯狂烧杀，水淀的水都叫血染红了，他坚持下来了。人很老实，人缘也好，历次运动，我们都没有难为过他。在村里教书整整三十年，教出的学生，也没有数了。

五

去年，有一位白洋淀的业余作者到天津来，我又问起葛覃的生活。他说：

"又结了婚，这个女的，待他很好，看来能够白头偕老了。不过，究竟为什么，一个人甘心老死异乡？除去到区县开会，连保定这个城市也不愿去一趟。认识的老同志又很多，飞黄腾达的也不少，为什么也从不去联络呢？过去好写诗，为什么现在一首也不写呢？这就使人不明白了。"

我说：

"因为你是一个作家，所以才想得这样多。我在那个村庄的时候，农民就没有这些想法。他们早把葛老师看成是本乡本土的人了。他不愿再写诗，可能是觉得写诗没有什么用，是茶余酒后的玩艺儿。他一字一句地教学生读书，朗朗的书声，就像春天的雨水，滴落在地下，能生菽粟，于人生有实际好处。他不是我们这个时代的隐士，他是一名名副其实的战士。他的行为，是符合他参加革命时的初志的。白洋淀的那个小村庄，不会忘记他，即使他日后长眠在那里，白洋淀的烟水，也会永远笼罩他的坟墓。人之一生，能够被一个村庄,哪怕是异乡的水土所记忆、所怀念,也就算不错了。当然,葛覃的内心,也可能埋藏着什么痛苦,他的灵魂,也可能受到过什么创伤,他对人生,也可能有自己特殊的感受和看法,这也是人间常情,不足为怪,也不必深究了。"

芸斋主人曰:人生于必然王国之中,身不由己,乃托之于命运,成为千古难解之题目。圣人豪杰或能掌握他人之命运,有时却不能掌握自己之命运。至于凡俗,更无论矣。随波逐流,兢兢以求其不沉落没灭。古有隐逸一途,盖更不足信矣。樵则依附山林,牧则依附水草,渔则依附江湖,禅则依附寺庙。人不能脱离自然,亦即不能脱离必然。个人之命运,必与国家、民族相关联,以国家之荣为荣,以社会之安为安。创造不息,恪尽职责,求得命运之善始善终。葛覃所行,近斯旨矣。

1984年2月23日

一个朋友

朋友姓张。我和他认识,大约在一九四〇年。他那时好像在冀中区党的组织部门负责。我看到一些群众团体的主任们,向他汇报工作,对他都很尊重,他的态度也很严肃。我那时还不是党员,他对我很客气,对别的当时所谓"文化人",也很和气。

当时战争形势很紧张,他却同一个妇女住在一家农院。我没有和那女的说过话,但看出张和她过得很热乎。张的家乡,是深县。

不久,我就到延安去了,张也到了那里。他住的是党校一部，学员都是地方上的老党员，待遇较好。我在鲁艺，生活苦一些。他给我出个主意：每星期日，到他那里吃一顿客饭，也无非是白面馍、肉菜之类，这在当时就算够好的了。

我也考过一次党校，是六部。只记得去答了几道题，在同乡弓琢之的窑洞里睡了一夜，也不记得考取了没有，就又回鲁艺去了，一直到抗战胜利。

进城以后，张在一个区里当区长，按说，在天津市，这个官儿就够可以的了。后来又听说，抗日胜利后，他曾经分配到东北，当过哈尔滨的市委书记。因为做买卖，被撤掉了，才又到了天津。

我那时，已经安了一个简陋的家，见到老朋友，老伴给他煮了一碗挂面，卧上一个鸡蛋，他吃得很高兴。又能和群众打交道，一下子就和我一家人都熟了。

不久，他又从区长的职位掉下来，当了文史馆的秘书长，听说又是和买卖有关。

官运不好，文史馆又是个闲散机关，他有些寂寞。他有一间很大的办公室，没事我就到他那里玩玩，并观看文史馆的藏书。

有一天，张打开他的书包，拿出两本书，一本是《契诃夫小说选》，一本是我写的《风云初记》，笑着说：

"老孙，我很羡慕你们，钱来得易，名声又好听。我也要写一本小说，你看怎样？"

我说：

"很好呀。你是有生活的。"

他说：

"我生活比你们多得多，就是不会写。所以就先拿你的书当蓝本，看你是怎么写的，然后，我比猫画虎地写去。"

"什么内容呢？"我问。

"自传体。"他说着，叫我看墙上挂的一张画，"这是一位画家给我画的行乐图。"

我站起来，凑近看了看。那是一幅山水，只是在山顶的崎岖小道上，画着一个一寸多高的人，身上好像还背着一个筐篓。

张说：

"那是我贩卖文具时的写照,当然是为了掩护,我是给党做地下工作。"

随后,他又向我介绍他的简单经历:自幼贫苦,好读书写字,吃过教饭(家乡俗语,就是信奉天主教),帮过文人学士的忙,很早就参加了党,用他的原话,就是:"又吃起党饭来了。"

那两本书,在他书包里装了很久,见面就拿出来叫我看。我却从来没见他写过一篇小说。

在新的环境里,他又找到了新的乐趣。他住在岳阳道一个小独院里,我去过几次。爱人是在哈尔滨结婚的,是个年轻护士。屋里有一部同文书局印的《二十四史》,用二十四个木匣装着,挡了一面墙。其他三面墙上,都是齐白石、吴昌硕、陈师曾的画。他收集的字画,除了挂的,还装满了两只大木箱。

那时画很便宜,也很多,他每天跑商场。买了画,装裱一下,再卖给公家,可以赚一倍。或是先交杨柳青画店水印,得到一些好处;再交出版社印成画册,又得一些好处,原画仍可高价出售。这些情况,是我亲眼看到的。据说,有一幅石涛的画,本是假的,他利用文史馆的名义,找了些专家,鉴定成真的,卖给了东北一家博物馆,得了一笔大款,又据他说,他已经把这笔款,捐给了家乡。

他还跑古书店,古玩店,委托行,和那些经理们都很熟。甚至进入私户,和经纪人一起,收买一些物品。我跟他到过一家绰号"青花孙"的人家,去买硬木家具。那个经纪人,据他说,曾是曹锟的秘书。

"四清"时,这些问题被提了出来。他很恐慌。紧接着,"文化大革命"他竟跳楼自杀了。不知道详细情况,现在,也没听说开过追悼会。他的问题的结论又如何?不好去问他的家属,怕引起人家的伤痛。当年的朋友们,也多年老失聪,问答不便,不好去打听了。

他给我买的硬木家具,"文化大革命"以后,无处搁放,我早已廉价处理了。此外还有一件小檀木匣,一件鸡血石印章,还在手上。印章刻的是:滹川孙氏。他说我们那一带的古文家,都这样刻。我不是古文家,我把它磨掉了。"四清"时传说,他给我们买东西,也从中渔利，我是不相信的。我比他收入多，常常是这样：他拿一些我喜欢的东西来，说是送给我。我多给他送一些钱去，他也收下，并说一句"不值这么多"，倒是真的。

近来，使我常常想到他的，是一本叫作《吴越春秋》的书，商务万有文库本。张那时很想看这本书，我借给他了，恐怕他给弄丢了。他用完后，很快给我送回来，一点也没弄脏，他是深深知道我们这些人的脾气的。这本书就插在身边书架上，时常触动我的心。朋友们有各式各样的性格，他们的下场，什么样的都有。

有一次我去文史馆，看见他的办公室里放着半口袋花生米。他正在叫传达室的老头，到街上去招呼些小贩来，把它发卖掉。回来，我曾对正在灯下做活的老伴说：

"我看张这个人，有做买卖的瘾。"

老伴叹了一口气，说：

"做买卖还能比做官好？他放着那样大的官，不好好做,却去卖花生,真怪!"

芸斋主人曰:张之为人,温文尔雅,三教九流,无不能交。贸易生财,不分巨细。五行八作,皆称通晓。惜所处之时,其所作为,为舆论之大忌,上述细节竟使殒命。延命至今,或可成为当世奇才。罗隐云:得之者或非常之人,失之者或非常之人。信夫!

1986年12月11日下午写讫

东宁姨母[1]

昨晚看电视,《神州风采》节目,介绍东北边陲小城东宁县。这个地名,我从小就知道。但究竟在哪里?离我的家乡到底有多远? 是个什么地方,什么样子?我全都茫然。我细心地观看了电视上的介绍,感到在那熙熙攘攘的人流中,一定有我二姨母家的后代子孙。

外祖父家很贫苦,二姨母嫁给北黄城杜姓。姨父结婚不久,就下了关东。姨母生下一个男孩,叫书田,

---

[1] 本文选自《新春怀旧(二则)》,此文为其二,收入《孙犁文集》三。——编者

婆家不好住，姨母就带着孩子，住在娘家，有时住在我家，寄人篱下，生活很苦。这样一直到书田表哥十来岁上，姨父才来信，叫她到东北去，就是东宁县。

姨母在我家住时，常给我讲故事。她博通戏文，记忆力也很好。另外，她曾送给我二十四个铜钱，说上面的字，连起来是一首诗。我也忘记是些什么铜钱，当姨母启程时，母亲对我说，这些铜钱可以镇邪，乘车车不翻，乘舟舟不漏，叫我还给姨母了。

姨母到了东北以后，母亲常叫我给姨母写信。有一次我把省份弄错了，镇上的邮政代办所叫另写，母亲知道后，狠狠骂了我一顿，说我白念了书。一个小镇的代办人员，能对东宁这个边远小县，记得如此清楚，可见当年我们那一带，有多少人流浪在那里，有多少信件往来了。

姨母到了那里，又生了一个男孩，取名东转。听母亲说，姨父原来不务正业，下关东后，原先在赌场，给人家"跑合"。姨母去了以后，才回心转意，往正道上奔。加上姨母很能干，这样每年可以积攒一些钱，寄到我家，代买了几亩地。先由我家代种，后改由三姨母家代种。

书田表哥也大了，在东宁县开了一个小杂货店，我常常见到他写给我父亲的信，每次都通报那里粮食的价格。

东转表弟，不大安分。日军侵占东北以后，他当了伪军。"五一大扫荡"时，家乡传说他曾到冀中，但谁也没有亲眼见过他。

全国解放以后，书田表哥不知怎么弄到一本我写的小说，他给我写信说，已告知姨母，并说"这是一段佳话"。

"文革"时，我在报社大院劳动，书田哥的一个儿子来看我，在院里说了几句话，知道姨母早已去世，书田哥的老伴，也故去了。小杂货铺已关闭，书田哥现在一家饭馆当会计。

后来，我的工资恢复，我的老伴也死去，很是苦闷孤独，思念远亲，我给书田哥寄去三十元钱，想换回些同情和安慰。没想到，他来了封回信，问起他家那几亩地,有些和我算账的意思。我真有些不愉快了。他老糊涂了,连老区的土改都不知道。后来,我没有再给他写过信。他也早已去世了。

从电视上,我知道东宁是中国、俄国、朝鲜,多民族聚居的地方,看起来,是很繁华热闹的。我幼年时,除去东宁,还知道一个地名叫黑河,是我大舅父去过的地方,前些日子,《神州风采》节目中,也介绍过。

那时人们想赚钱,都往东北跑,现在是奔东南。都是在春节过后,告别故乡。过去是背着简单的行李,徒步赶路。现在是携家带口,挤上火车。

1992年2月23日

下编

杨　墨[①]

老友杨墨，山东人。高大如杨，状其身体；粗黑如墨，形其皮肤。非本名也。长相虽然如此，性格却是很温和，很随便的。

我们最初相识，是一九三九年冬季，在晋察冀边区参议会上。那时，我是记者，他是美术工作人员，参与大会堂的建筑和装饰。他那种性格，正是我喜欢的，很快就熟了。他比我小一岁，曾在北平京华美专

[①] 此篇原收入《芸斋小说》。这个人姓名不详，没什么名气，也没当什么官，不易知之。——编者

学习过。在山坡上他那间办公和住宿的小房子里，墙上挂着一块白布，上面是一幅画图的起草稿。只是在右上角，涂抹了一些颜色，什么景物，我已忘记。这幅刚刚开始的画，一直挂在那里，直到散会，也没看见过他增添一笔。过去已经五十年，我可以断定：如果这块白布，他还保存着，一定还是老样子。

因为，这么多年以来，我见他画过油画，画过国画，练过书法，玩过雕塑，总是只有个开始，没有个结果，没有出过像样的成品。他玩弄这些东西，只是为了给人一种印象：这是个艺术家，美专毕业，会这些手艺。就像走江湖卖艺的人一样，只拿刀枪做幌子，光说不练。

什么时代，什么队伍，也重视学历和资格。不练也不要紧，学历在那里摆着，资格一年比一年老。

一九四三年，我们一同到延安的鲁迅艺术文学院。他在美术系做研究员，我在文学系。正在整风过后，学院的学习，并不紧张。夏天，我们一同到山沟里洗澡、洗衣服，吃西红柿。他有一把妇女们做针线用的剪刀，不知从哪里弄来的，一直放在书包里。我们头发长了，他给我理，我给他理。我很少看见他读书，或是画画。但谈起来，就滔滔不绝，他的美术方面的知识，还是很渊博的。

他告诉我，他正在追求文学系的一个绥德来的女生。延安生活，非同敌后，吃得饱，又安定，滋生这些欲念，是很自然的。但男性同女性的比例，是十八比一。许多恋人，都是长期处在一种游离状态，不易明朗。杨墨的事情，也是这样。

一九四五年八月，日本忽然宣布投降。十五日晚上，延安军民，狂欢庆祝，火把游行。我思念家人，睡下得比较早，半夜之间，杨墨来了，告诉我，他的事情，已经在延河边成功。先是挨了一个嘴巴，随即达到目的。说完又匆匆走了。

后来我才知道，爱情，有时也会像行情，战局的突然变化，使交易所的某种证券，立刻跌落了很多。人们就要奔赴各地，原有妻子的，也有望重新团圆。原处于极端矜持状态的女同志，以其特有的敏感，觉察到了这一点，于是纷纷向男友们，张开了怀抱。

我出发了，目的地是华北。杨墨因为还有一些纠葛，暂时没走。

我回到家乡，第二年，父亲病故。有一天，杨墨来到我家里，说和那个绥德女子结了婚，在路上，她又跟别人到东北去了。我没有仔细问。我想给父亲立个墓碑，请他设计一下，就把他安排在外院，和我的一个堂叔父同住。

这间小屋，每晚总是有一些人来闲谈。问到杨墨还没有家室，就有一位惯于说媒的大娘，愿意给他介绍。正好村中有一位姑娘，是妇女队长。村中两派不和，有一派说她和武委会主任不清不楚。这本是为了打倒武委会主任，却连累得这个农家姑娘，上城下界，对簿公堂。家里人觉得难堪，急着把她聘出去。杨墨又是个干部，不会有什么纠缠。杨墨给了媒人一份厚礼，三说两说就成了。杨墨又把一枚金戒指，交给了女方。这么多年，我从来不知道他有这个宝贝。很快就在我们家的西屋结了婚。

结婚以后，不知他又从哪里借来一匹马，把女人驮到河间去了，那里是区党委所在地。

办理完父亲的丧事，我就到博野一带下乡去了。听说杨墨向党委宣传部长申请了一批款，又在滹沱河北找到一个有胶泥，并有烧制陶器的旧窑的村庄，搞泥塑去了。每逢我回到区党委，就有一些文艺界的朋友，略带讽刺地说：

"老孙啊，你的老战友要成立泥人协会了。"

他并没有成功，他带着老婆，又在当地找了一个青年，给他做饭。他捏了几个泥战士、泥马。群众瞧不起他这个工作，以为是叫化子干的勾当。坐吃山空，那笔款子，不到半年，就花光了。人们对他很不满意，并涉及到我，因为他常常打着我的幌子。我并不是什么要人，但在这家乡一带，还是有些人缘的。

摊子结束以后，他又回到我的村庄，并把他烧制的一匹红马，送给我的孩子，算是答谢我妻子，在他结婚时的帮忙。他笑嘻嘻地问我的女人：

"你看我做的这马怎么样？像吗？"

我的女人拿在手里,看了一会儿,也笑着说:"像是像,就是尾巴太粗了一点,比马脖子还粗!"

芸斋主人曰:近有一青年,河南淮阳人,送我当地土产泥虎、泥蛙、泥鸟各一只。形制古朴,并有响声。惜泥虎腹部,为牛皮纸做成,不如过去之以软皮做成,更为可爱耳。然虎头鲜艳生动如故,余藏之书柜,珍视如出土文物。并因此忆及老友逸事,略记如上云。

1987年4月7日写讫

杨墨续篇

一九四九年,干部进城以后,杨墨以他的专业资格,当了这个市的美术家协会秘书长,主任是他在延安时的同事。杨墨有一个特点,与朋友相处,很合得来。如果这个朋友成了他的上级,那就会发生矛盾,即使他的位置,原是这位朋友给他安排的。另外,每到一处,最初几天,表现很好,工作也卖力。但是,与上级发生矛盾之日,也就是他不再干活之时。立刻就变成了另外一个样子。

他每天早起逛早市;午后跑北大关、文昌宫的小摊；晚上是去南市一带的夜市。他很俭朴，买东西很苛刻。那些熟识他的小摊贩，当着他的面就说：

"这位买东西，必是像白捡一样。"

他看准一件东西，不知要跑多少趟，慢慢和小贩磨价钱，磨到最低限度，才买了回来。

他买的那些东西，我并不喜爱，总是破破旧旧的，黑漆漆的，样子奇怪的。他说这才够得上文物，够得上年头，以后可卖大价。

那时，我也爱逛小市，常常结伴同行。每到一处，那些小贩，对我们都是白眼相加，甚至口出不逊。我就常常先买他们两件，也不还价，还是改变不了这种冷遇。杨墨对这些毫不在乎，甚至说：

"这些人，买卖破烂儿，都快饿疯了。"

他对我买的东西，也不满意，他说：

"到这里是买旧货，你只图新鲜漂亮！不过你喜欢，买了也行。别不还价呀！"

我们逛早市，就一块吃一些炸糕，逛南市，就吃一碗煮肠，很有风味，也很有趣。他是小吃内行，不吃正饭，专吃这些东西。那时，不知道为什么有那么多闲人，早市南市，总是挤不动的人流。

时间不长，美协的工作，就干不下去了，他又活动到北京一家报社。他的一个熟人，在那里管美术。不久，又和这个熟人干了起来，回到这个城市，不再去上班。这一次后果可是严重，先是开除党籍，后是开除公职，详细情形，我并不知道。

他像做梦一样，一下变成了无业游民。那时，我得了神经衰弱症，不能工作。他就常来找我，一块出去玩。他手里托着一个鸟笼子，里面养着一只红脖。有时，到他的住处坐坐，他那小小的房间里，还飞着一只黑色的小鸟。他说天津人喜欢养这种鸟，叫得很好听。我看他的两只鸟，都像主人一样，羽毛不整，没有什么精神。

有一天，我们两人转到了干部俱乐部的后门，那里有一些树木。我正在引逗他手里的红脖，市里的文教书记，走了出来，他和我们都很熟，好像是为我们的表现害羞，急急转身回去了。

这种场面，在目前或不算什么。在五十年代，干部提笼架鸟，游荡于冠盖进出之地，确使两方都会感到难堪。

杨墨并不在乎，严肃地对我说："没有什么。这鸟，目前就是我的一切，也可以说，我的救命恩人是鸟，并不是那位书记。还有，我买的那些破烂，确实给我帮了不少忙。现在，我就是靠卖它们吃饭。"

我听了很觉凄惨，神经衰弱，差点掉下泪来。这些年，我见过很多干部的各式各样的不幸遭遇，还没有见过像他这样的断炊下场。他有时向我借点钱。另一位朋友，请他到家里教孩子们画画，是为了照顾他的生活。

这样过了两年，朋友们给他在街道工厂，找了个临时工作，每月工资四十元。

有了工作，也就很少见到他。偶尔相遇，他说，现在又交了一些新的朋友，找到了新的生活乐趣。

三中全会以后，他，他的爱人，他的儿子，多次到北京，找中组部，找那个报社，进行申诉，要求落实政策。政策终于得到一步步的落实，今年春节，杨墨的儿子，来告诉我：他父亲的党籍恢复了，级别也恢复了，就剩下补偿过去的薪金了。

他的儿子，高大黑粗，能活动，敢讲话，有办法，颇具父风。

芸斋主人曰：余与杨君，相识近五十年，迄今无大龃龉。虽非患难之交，亦曾同甘共苦。性格实不同，余信天命，屈服客观，顺应自然。而杨君确认：事在人为，主张能动。彼之一生，有顺有逆，然未尝改移信念。今国家眷顾老人，政策落实及其身，精神不减，体胖有加，亦可谓同辈中之一员福将矣。

1987年4月9日写讫

小 同 窗

现在还能保持联系的,少年时代的同学,就只有李一个人了。

我们十四岁时,在保定育德中学同班。后来我休学一年,关系还是很好。

李,蠡县人,长得漂亮,性格温和,我好和这样的人交朋友。

他毕业以后,考入北平大学的法商学院。我初中毕业,进入了本校新成立的高中。

那时的青年人,都喜欢阅读马列主义的书籍。我除去文艺理论，还喜欢看社会科学方面的书。上海神州国光社，出版一种读书杂志，由王礼锡、陆晶清主编，连续出版了三期对于中国社会史的论战专号，我很有兴趣。我家境不好，没有多少钱买闲书。有两期，是李买了寄给我的，并写信告诉我：虽然每篇文章，都标榜唯物史观，有些人的论点是错误的。又说，刘仁静的文章是比较好的。使我对这位同学的政治学识，更进一步地佩服了。

高中毕业以后，经历了"九一八""一·二八"的民族灾难，我在北平市政机关，当一名小职员。有一天，收到李从监狱寄来的一封信，告诉我他近日遭遇。我胆小，没有到过这些地方，约了一位姓黄的同学，一同去看他。

在一个小小的窗口，和他谈了几句话。我看到他的衣服很脏。他平日是最讲究穿着的。我心里很难过，他也几乎流下了泪。

他交给我一卷稿子，是他写的小说，希望我们找个地方发表。我带回住处，自己写的东西，都没有出路，往哪里去投呢？不久，我失业了，把稿子带回乡下家里。后来，我好像从一本刊物上，看到过这篇作品，可能他又交给了另一个人。

少年时的同学，在感情上，真有点亲如骨肉、情同手足的味道。他虽然没有到过我的家中，我的母亲、妻子和住在我家的表姐，都知道他的名字。

一九三七年，他从监狱里出来，就参加抗日工作。人民自卫军驻在安国县时，他住在我父亲的店铺里。因为有他，我出来抗日，父亲的疑虑就减少了。我是独生子。

不久，自卫军转移到我的家乡安平县，那时他是民运部长，各县的动员会，都归他领导。

有外地的一个香火头子，在我们村庄弄神弄鬼，我的堂弟也混在里面。我对他说了这件事。他说，这和民运有关。第二天，就有几个旧衙役，来到我们村庄，制止了迷信活动。乡下人很怕官差，有几个头面人物，出来应酬。衙役却不吃不喝，讲明道理就走了，老年人都说，从来也没见过，官事这样好应付的。

一九四〇年，他到延安去了。过了几年，我也到了延安。他同一位医生结了婚。到鲁艺看我，总是带上一本粉连纸印的军政杂志。他知道我好吸烟，延安的卷烟纸，是很难买到的。

建国以后，他先是当中南局的组织部副部长，后当中宣部的秘书长。很快就要提拔为副部长了，因为替一个作家，说了几句话，一下成为右派。先是下放劳动，后来就流放到新疆石河子去了。

临行前，他到天津来了一趟。我给他一些钱作为路费。另外送他两部书：一是《纪氏五种》其中有关于新疆的笔记；一是《聊斋志异》，为想叫他读来解闷的。他说："聊斋，你留着看吧。"

平反以后，他当了中纪委的常委。他的照片，和国家领导人排列在一起。我也感到光荣，对人说：

"官儿，李做得够大了。这在过去，就是左都御史！"

他到天津公干，来到我家。车是天津纪委的。他说，如果在我这里吃饭，请把司机招待一下。我虽然在心里怪他：你这官儿做得太窝囊了，比你小得多的人物，从北京来，都有自己的专车。还是满口答应了。那一顿饭，我只是应酬司机，也没有很好照顾他。

饭后，他和我闲谈了一会儿。我向他发牢骚，说社会风气如此，我真想找个地方隐遁去了。他没有批评我，只是笑了笑，说：

"哪里也是一样。"

回想一下，相交这么多年，我并没有多少机会，同他天南海北畅谈过，更没有酒肉的征逐。但我从少年时就信赖他，后来，更深深体会到，他真正关心我。

五十年代，我病了以后，住医院，住疗养院，都是他帮助安排的，使我得到了极其优越的待遇。他并私下里询问天津的熟人，我的病是怎样得的。被询问的人说，是因为夫妻不和，他就说，那样就不必叫他爱人来看他了。后来又听人说，我和妻子感情很好，他又笑着说，那就叫她常常来看看他吧。

七十年代，老伴去世，我又结了一次婚。他同这位女同志见过一次。不多几年，又闹纠纷，提出离异。

他知道以后，很关心，几次征求我的意见，要给女方写信，挽回这件事。我说，人家已经把东西拉走了。他说，拉走东西，并不证明就不能挽救。我还是没让他写。

"文化大革命"，他备受折磨。那时他还没有得到平反，是到北京来办事的，却有心情给别人撮合。

最使我想起来感动，也惭愧的，是他对我的体谅。有一次，他到天津，下了火车就来看我，天已经黑了。他是想住在我这里的，他知道我孤僻，就试探着问：

"你就一个人睡在这里吧？"

我说是，却没有留他住下。他只好又住到他哥哥那里去了。

如果是别人，遇见这样不近人情的事，一定绝交了，他并不见怪。

忘记是哪一次，他又谈起文艺界的事。我说：

"你不要管这些人的事了，你又不了解他们。一次亏，还没吃够呀！"

他也只是笑了笑。我想，他做组织工作惯了，总是关心别人的处境。

十三大闭幕的那天晚上,我听广播,中纪委的名单上,没有他。这是因为年岁,退下来了。我想给他写封信,又一想,他会给我来信的。昨天,收到了他的信。看意思,是要写点东西了,我马上回信鼓励。

1987年11月20日下午

觅 哲 生

一九四四年春天,有一支身穿浅蓝色粗布便衣、男女混杂的小队伍,走在从阜平到延安、山水相连、风沙不断、漫长的路上。

这是由华北联大高中班的师生组成的队伍。我是国文教师,哲生是一个男生,看来比我小十来岁。哲生个子很高,脸很白。他不好说话,我没见过他和别的同学说笑,也不记得,他曾经和我谈过什么。我不知道他的籍贯、学历,甚至也不知道他确切的年龄。

我身体弱，行前把棉被拆成夹被，书包也换成很小的，单层布的。但我"掠夺"了田间的一件日军皮大衣，以为到了延安，如果棉被得不到补充，它就能在夜晚压风，白天御寒。

路远无轻载。我每天抱着它走路，从左手换到右手，又从右手换到左手。这时，就会有一个青年走上来，从我手里把大衣接过去，又回到他的队列位置，一同前进。他身上背的东西，已经不少，除去个人的装备，男生还要分背一些布匹和粮食。到了宿营地，他才笑一笑，把皮大衣交给我。在行军路上，有时我回头望望，哲生总是沉默地走着，昂着头，步子大而有力。

到了延安，我们就分散了。我在鲁艺，他好像去了自然科学院。我不记得向他表示过谢意，那时，好像没有这些客套。不久，在一场水灾中，大衣被冲到延河里去了。

解放以后，我一直记着哲生。见到当时的熟人，就打听他。

越到晚年，我越想：哲生到哪里去了呢？有时也想：难道他牺牲了吗？早逝了吗？

1990年7月19日晨

老 同 学

赵县邢君,是我在保定育德中学上高中时的同班同学。当时,他是从外地中学考入,我是从本校初中毕业后,直接升入的。他的字写得工整,古文底子很好,为人和善。高中二年同窗,我们感情不错。

毕业后,他考入北京大学中文系,我则因为家贫,无力升学,在北京流浪着。我们还是时有过从,旧谊未断。为了找个职业,他曾陪我去找过中学时的一位国文老师。事情没有办成,我就胡乱写一些稿子,投给北平、天津一些报纸。文章登不出来,我向他借过五元钱。后来，实在混不下去，我就回老家去了。

他家境虽较我富裕，也是在求学时期。他曾写信给我，说他心爱的二胡，不慎摔碎了，想再买一把，手下又没钱。意思是叫我还账。我回信说，我实在没钱，最近又投寄一些稿件，请他星期日到北京图书馆，去翻翻近来的报纸，看看有登出来的没有。如果有，我的债就有希望还了。

他整整用了半天时间，在图书馆翻看近一个月的京津报纸，回信说：没有发现一篇我的文章。

这些三十年代初期的往事，可以看出我们那时都是青年人，有热情，但不经事，有一些天真的想法和做法。

从此以后，我们就没有再见过面，那五元钱的债，也一直没得偿还。

前年春夏之交，忽然接到这位老同学的信，知道他已经退休，回到本县，帮助编纂地方志。他走过的是另一条路：大学毕业后，就在国民党政权下做事。目前处境不太好，又是孤身一人。

我叫孩子给他寄去二百元钱，也有点还债的意思。这是解决不了多少问题的。我又想给他介绍一些事做，也一时没有结果。最后，我劝他写一点稿子。

因为他曾经在旧中华戏曲学校任过职，先写了一组谈戏的文章寄来。我介绍给天津的一家报纸，只选用了两篇。目前谈京剧的文章很多，有些材料是重复了。

看来投稿不顺利，他兴趣不高，我也有点失望。后来一想：老同学有学识，有经历，文字更没问题，是科班出身，可能就是没有投过稿，摸不清报纸副刊的脾气，因此投中率不高。而我给报纸投稿，不是自卖自夸，已有半个世纪以上的历史，何不给他出些主意，以求改进呢？从报上看到钱穆教授在台湾逝世，我就赶紧给老同学写信，请他写一篇回忆文字寄来，因为他在北大听过钱的课。

这篇文章，我介绍给一家晚报，很快就登出来了。老同学兴趣高涨，接连寄来一些历史方面的稿件，这家报纸都很快刊登，编辑同志并向我称赞作者笔下干净，在目前实属难得。

这样，一个月能有几篇文章发表，既可使他老有所为，生活也不无小补，我心中是非常高兴的。每逢把老同学的稿子交到报社，我便计算时日，等候刊出。刊出以后，我必重读一遍，看看题目有无变动，文字有无修改。

这也是一种报偿，报偿三十年代，老同学到北京图书馆，为我查阅报纸的劳绩。不过，这次并不是使人失望，而是充满喜悦，充满希望的。老同学很快就成为这家报纸的经常撰稿人了。

老同学在旧官场，混了十几年，路途也是很坎坷的，过去，恐怕从没有想过投稿这件事。现在，踏入这个新门坎，也会耕之耘之，自得其乐的吧。

芸斋曰：余之大部作品，最早均发表在报纸副刊。晚年尤甚，所作难登大雅之堂，亦无心与人争锋争俏，遂不再向大刊物投稿，专供各地报纸副刊。朋友或有不解，以为如此做法，有些自轻趋下。余以为不然。

向报纸投稿,其利有三:一为发表快;二为读者面广;三为防止文章拉长。况余初起步时,即视副刊为圣地,高不可攀,以文章能被采用为快事、幸事!至老不疲,亦完其初衷,示不忘本之意也。惟投稿副刊,必有三注意:一、了解编辑之立场、趣味;二、不触时忌而能稍砭时弊;三、文字要短小精悍而略具幽默感。书此,以供有志于进军副刊者参考。鲁迅文学事业,起于《晨报·副刊》,迄于《申报·副刊》,及至卧床不起,仍呼家人"拿眼镜来,拿报纸来",此先贤之行谊,吾辈所应借鉴者也。

1990年11月12日

胡家后代[1]

我从十二岁到十四岁,同母亲、表姐,借住在安国县西门里路南胡姓干娘家。那时胡家长子志贤哥管家,待我很好。志贤嫂好说好笑,对人也很和善。他们有一个女儿,名叫俊乔,正在上小学,是胡家最年幼的一代。

天津解放以后,志贤哥曾到我的住处,说俊乔在天津护士学校读书。但她一直没有找过我,当时我想,

---

[1] 本文选自《暑期杂忆》,此文为其二,收入《孙犁文集》三。——编者

可能是因为我在她家时,她年纪小,和我不熟,不愿意来。后来,我事情多,也就把她忘记了。

前几天,有人敲门,是一位老年妇女。进屋坐下以后,她自报姓名胡俊乔,我惊喜地站起来,上前紧紧拉住她的手。

我非常兴奋,问这问那。从她口中得知,她家的老一辈人都去世了,包括她的祖母、父母、叔婶、二姑。我听完颓然坐在椅子上。我想到:那时同住的人,在我家,眼前就剩下了我;在她家,眼前就只剩下她了。她现在已经六十七岁,在某医院工作。

她是来托我办事的。我告诉她,我已经多年不出门,和任何有权的人,都没有来往。我介绍她去找我的儿子,他认识人多一些,看看能不能帮她解决问题。她对我不了解,我找了几本我写的书送给她。

芸斋曰:我中年以后,生活多困苦险厄,所遇亦多不良。故对过去曾有恩善于我者,思有所报答。此种情感,近年尤烈。然已晚矣。一九五二年冬,我到安国县下乡，下车以后，即在南关买了一盒点心，到胡家去看望老太太，见到志贤兄嫂。当时土改过后，他家生活已很困难，我留下了一点钱。以后也就没有再去过。如无此行，则今日遗憾更深矣。

1991年7月24日上午

寄 光 耀

一

光耀同志：
收到你热情的信
你我故交
每有人从河北来
我总要问起你
我将牢记你的劝告
振作精神

不使老友失望

祝你保重身体

春节快乐

犁

1990年1月13日晚

二

光耀同志：

五月十八日信敬悉

所告情景，深为感动

老目为之潮湿

他是诗人，重感情

你谈到我

他一定就想到了

一些故去的同志

如小川、李季等

感时伤事

触景生悲矣

前几天托艾东捎去小书一册

藉此,你可知我那十年的经历

　祝

好

　　　　　　　　　　　　　　　　孙

　　　　　　　　　　　　　　5月25日

　　以上,是我用"诗体",写在明信片上,给徐光耀同志的两封复信。

　　他的第一封来信说:他无意中得到了一本《无为集》,从个别篇章中,他有一种不祥的预感。他很"恐怖",所以给我写信,劝我一定保重,千万不要想不开,使精神崩溃。因为他还把我当作一根精神支柱云云。

　　说白了,光耀是怕我身世坎坷,老年孤独,积忧不解,自寻短见。

《无为集》销数虽不多，也有数千册，我赠送友人的也有数十本。别人读了，没有看出问题，没有这种顾虑。惟独光耀有这种想法，有这种关怀，这说明光耀对我是有感情的，而且感情甚深。

至于说我是什么精神支柱，这是他对我还不十分了解。我还能做什么支柱？我本身软弱无力，自己都快站立不住了，还能支撑他人？

但光耀是农民出身，是诚实忠厚的，他说的也不会是恭维话，他可能是这么看的，虽然他看错了。

我赶紧给他写了第一张明信片，请他放心。

他的第二封来信说：一次开会，在吃晚饭的时候，他谈起了我。同桌有一位领导同志，眼圈立刻就红了，他不明白是什么原因。我给他写了第二张明信片。

我和光耀相识，是在一九五一年，同团出国期间，相处也不过一个多月。一九六二年，我大病初愈，要回老家看看，路经保定。光耀那时还戴着"帽子"，情况已经缓和，他陪我到保定附近的半亩泉、抱阳山游玩了一番，还给我照了几张相片。第二天，又一同到他的劳动点上，去劳动了半日，是拔旱萝卜。中午在老乡家吃了一顿红薯。下午，在他那间下放的小屋炕头，我俩并肩躺着，说了很长时间的话。天晚了，我回旅馆，他回家去。

交往就是这些。过去，他也没有给我写过信。但我一直认为他是个好人，对他很信任，他对我好像也不见外。

他能关心我的生死，并且一想到我会死去，就感到恐怖。我想，这种人在世界上还不会太多吧？

1991年11月15日上午记

残 瓷 人

这是一个小女孩的白瓷造像。小孩梳两条小辫,只穿一条黄色短裤。她一手捧着一只小鸟,一手往小鸟的嘴中送食,这样两手和小鸟,便连成了一体。

这是我一九五一年,从国外一个小城市买回的工艺品。那时进城不久,我住在一个大院后面,原来是下人住的小屋里,房间里空空,我把它放在从南市旧货摊上买回的一个樟木盒子里。后来,又放进一些也是从旧货摊上买来的小玩艺,成了我的百宝箱。

有一年,原在冀中的一位老战友来看我。我想起在抗日战争时期，我过封锁线，他是军分区的作战科长，常常派一个侦察员护送我，对我有过好处，一时高兴，就把百宝箱打开，请他挑几件玩艺。他选了一对日本烧制的小花瓶，当他拿起这个小瓷人的时候，我说：

"这一件不送，我喜欢。"

他就又放下了。为了表示歉意，我送了他一张董寿平的杏花立轴，他高兴极了。

后来，我的东西多了，买了一个玻璃柜，专放瓷器，小瓷人从破木盒升格，也进入里面。"文化大革命"，全被当作"四旧"抄走了。其实柜子里，既没有中国古董，更没有外国古董。它不过是一件哄小孩的瓷器，底座上标明定价，十六个卢布。

落实政策，瓷器又发还了。这真是有组织有计划的抄家，东西保存得很好，一件也没有损失，小瓷人也很好。

我已经没有心情再玩弄这些东西，我把它们放在一个稻草编的筐子里。一九七六年大地震，我屋里的瓷器，竟没有受损，几个放在书柜上的瓶子，只是倒在柜顶上，并没有滚落下来。小瓷人在草筐里，更是平安无事。

但地震震裂了屋顶。这是旧式房，天花板的装饰很重，一天夜里下雨，屋漏，一大块天花板的边缘部分，坠落下来，砸倒了草筐，小瓷人的两只手都断了。

我几经大劫，对任何事物，都没有了惋惜心情。但我不愿有残破的东西，放在眼前身边。于是，我找了些胶水，对着阳光，很仔细地把它的断肢修复，包括几片米粒大小的瓷皮，也粘贴好了。这些年，我修整了很多残书，我发现自己在修修补补方面，很有一些天赋。如果不是现在老眼昏花，我真想到国家的文物部门，去谋个差事。

搬家后，我把小瓷人带入新居，放在书案上。不知为什么，我忽然有些伤感了。我的一生，残破印象太多了，残破意识太浓了。大的如"九一八"以后的国土山河的残破，战争年代的城市村庄的残破；"文化大革命"的文化残破，道德残破。个人的故园残破，亲情残破,爱情残破……我想忘记一切。我又把小瓷人放回筐里去了。

司马迁引老子之言:美好者不祥之器。我曾以为是哲学之至道,美学的大纲。这种想法,当然是不完整的,很不健康的。

1992年1月30日下午,大风

同乡鲁君[①]

抗战前,我有一个既是同乡又是同学的朋友,他姓鲁。他的家,离我们村十几里地,每年春节,他都骑车到我家拜年,一见我母亲就问:"伯母好!"这在今天,本是一句普通话,但在那时的农村,却显得特别文明、洋气。所以我的乡下老伴,一直记得,还有时模仿他的鞠躬动作。

旧社会,封建观念重,中学里也有同乡会。都是

---

① 本文选自《新春怀旧(二则)》,此文为其一,收入《孙犁文集》三。——编者

高年级的学生主持。我升到高中时，也担任这种脚色。鲁比我小三岁，把我看作兄长。

"七七事变"，有办法和有钱的学生，纷纷南逃，鲁有一个做官的伯父，也南下了。我没有办法，也没有钱，就在本地参加抗日工作。

从那时起，一直到前年，没有鲁的音讯，我总以为他到了台湾。忽然有一天，出版社转来一封他写给我的信，才知道他在重庆当教授，并创办了一所大学。现已退休。

从此就书信不断，听说我心脏不好，他给我寄红参，又寄人参。去年到北京开会，又专门来看我一次，住了一夜。我记得，我们是六十年不见了。他说是五十六年。他是学数学的，是测绘专家，当然记得准确。

这些年我很少招待亲朋。他以前表示要来，我也没有做过积极的反应。我以为少年之交，如同朝霞。多年不见，风轻云淡，经历不同，性格各异，最好以通信方式，保持友谊，不一定聚会多谈。实际上，在通过几次信件以后,各人的大体情况,都互相知道得差不多了,见面之后,也不一定有多少话好说。

但像鲁这样的朋友,他要来,我是不好拒绝的,也是希望见见的。因为这不只是多年不见,也恐怕是最后一面了。我珍惜我们少年时的友谊。

他是中午打电话来,告诉我到天津的时间的。整个下午,我都在紧张,一听见楼梯响,就开门看看。但直到六点,他还没有来。做饭的人,到时要下班,我只好先吃饭。刚拿起筷子,他就来了。

他是下了火车,坐公共汽车来的,身上还带着很多雪花。这使我很过意不去。我原想他会租一辆车来的。

我们一起,吃了一顿便饭。

晚上,我破例陪他说了很长时间的话,都是重复在信上说过的话。一边说话,少年时天真相聚的景象,一边在我脑子里闪现,越发增加了我伤逝的惆怅情绪。

我不愿重会多年不见的朋友,还有一个原因,就是相互之间的隔膜和不了解。人家以为我参加工作早,老干部，生活条件一定如何好，办法一定如何多。其实完全不是那么回子事。一见面会使老朋友失望，甚至伤心。

好在鲁的性格还没有变，还是那样乐观。能够体谅我，也敢于规劝我。他会中医，给我诊了脉，说心脏没有大问题。第二天，又帮做饭的包饺子，细细了解了我的生活习性和现状。他放心了。

在此以前，我把我所写的书，全寄给他了。这次来，知道他在练字，又没有好字帖，又送给他一部北京日报社印的《三希堂字帖》四厚册，书是全新的，也太笨重，我已无力给他包裹，他自己捆了捆，手也不好用了。看来他很喜欢。

他对我说，我高中毕业时，把所有的英文书籍：《莎氏乐府本事》《泰西五十轶事》《林肯传》，都留给了他。又说，他从来不看小说，在他主办的大学里，图书馆也不买文艺书。但我的书，他都读了，主要是从中了解我的生活和经历。

我也想起不少往事。我曾经向他家要过一对大白鹅，鲁特意叫人给我送到家里。他家深宅大院，养鹅可以，我家是农舍小院，养这个并不适宜。我年轻好事，养在场院里，鹅仰头一叫，声震四邻。抗日期间，根据地打狗，家里怕惹事，就把鹅宰了。这是妻子后来告诉我的。

走时，我叫儿子借了一辆车，送他到车站，并扶他上了火车。

1992年2月26日

记 秀 容

一九四八年春夏两季，我在饶阳县大官亭村，"掌握"土改工作。那时土改已到末期，就是分浮财和动员参军了。我住在贫农团，睡在原是一间油坊，现在是浮财保管室里。也不再吃派饭，这里有几个人的伙食。

村里有一所小学，就在附近。晚上，贫农团开会，就在小学的课室。课室旁边，是教员们的厨房，和女老师的宿舍。

差不多每天晚上，我都要到小学"主持"会议。会议很琐碎，一开就是半夜。我和小学的老师们都熟了，他们知道我也是一个"文化人"，对我很亲热，校长尤其老练厚道。

大官亭有集市，每逢集日，老师们改善伙食，校长也总是把我叫去，解解馋。

饭桌就放在小学的院子里。饭也无非是肉菜和馒头。坐下以后，校长总是喊："秀容，你给孙同志盛一碗！"

秀容是他们中间惟一的女老师。说是老师，其实比学生大不了多少。这位年轻的女老师，一边用甜脆的声音答应着，一边就小心翼翼地端上一碗非常丰富的菜来。校长又加一句：

"大方点，不要羞羞惭惭的。"

秀容很大方，脸都不红一下，微笑着把碗递给我。

有时候，吃完饭还有些余兴，就是由一位老师拉胡琴，我唱两段京戏。

一九四九年，进天津不久，一天中午，我在多伦道一家回民饭馆门口，遇见了秀容。她调来天津，在百货批发站工作,也住多伦道。我告诉她我的地址,第二天上午,她就到报社的小楼上来看我,还带了一包花生米。一直谈到我的大女儿来唤我吃饭,她才走了。

一九六〇年困难期间,我在家里养病,她又带了半斤点心来看我,使我很感动,几乎流下泪来。好像还作过一首诗,现在却找不到,可能是"文化大革命"时烧了。

自从我迁居,离得远了,见面就少了。今年春节,大女儿把她领进屋里。她带了一筒西洋参乳精,说:"你喝一点。"

她已经满头白发,牙齿也掉了几个。我问她多大岁数了。她说六十四。我回想进城时,她该是十八岁。她现在家里,看着三个孙女,都是四岁上下。她说:

"她们不打架。我给她们讲故事,念诗。"

她知道我大病初愈,坐了不久,就站起来,要单独和我女儿说话去。

我送她,实际是她扶着我走到门口。

她对我女儿说：

"你父亲年轻时，好唱京戏。进城以后，就从来没听见他唱过。可能是没有我那位同事，给他拉胡琴了。"

关于秀容，认识多年，我总觉得曾经写过她，今天遍查文集，却找不到一个字，不知何故。

1995年2月4日上午

编 后 记

孙犁在《芸斋小说·三马》中有"芸斋主人曰":"余可谓过来人矣,然绝非勇士,乃懦夫之苟且偷生耳。然终于得见国家拨乱反正,'四人帮'之受审于万民。痛定思痛,乃悼亡者。终以彼等死于暗无天日,未得共享政治清明之福为恨事……"他正是怀着这种沉痛的心情,为在"文革"中受迫害致死的老战友,和"文革"后过早去世的老战友,而写下了满怀激情的悼念文章。

古人曰"铭诔尚实"。诔,哀悼逝去者的文字。尚实,就是"只记亲身所见、所闻,知道多少就记多少,不求惊人,不涉无稽,简单明了,实事求是"(《文人笔下的文人》)。孙犁悼念老战友和怀念比他年轻的同事的文章,就是这样写的。可以说,字字句句都是"尚实"的。无愧于九泉之下的亡者,其家属子女得到慰藉和欣然。

"文革"结束后,孙犁又拿起荒废了将近二十年的笔,于一九七六年十二月七日写出的第一篇文章,就是怀念受迫害致死的老战友远千里。此后,一发不可收,为二十多位先他而去的逝者写了哀悼文,以及其他的大量作品。在与他同时代的作家中,他写的这种文章可能不是最多,但是篇篇都是真情实感、深情厚谊,无一字是谀墓之词。这是我无比钦佩的。

基于此,我把它们专门辑录成一书,书名《远的怀念》,不惟借远千里的姓,而且,不是空间的远,是时间的远,永远永远地怀念着他们。

上编,是为逝者写的;下编,是想念尚健在的(或不知去向的)友人。可知他是一个非常重友情的人。

一篇《觅哲生》，仅仅是因为在去延安的路上，一个年轻的学生，为老师分担了一点行李，他就铭记在心。这不正是人家有好处于自己不可忘的表现吗？

这是值得发扬光大的好品质。

同样，这本小书的选编，也是我对孙犁前辈的深切怀念。

刘宗武　时年八十又五

庚子春，新冠猖獗，于佳闻宅第